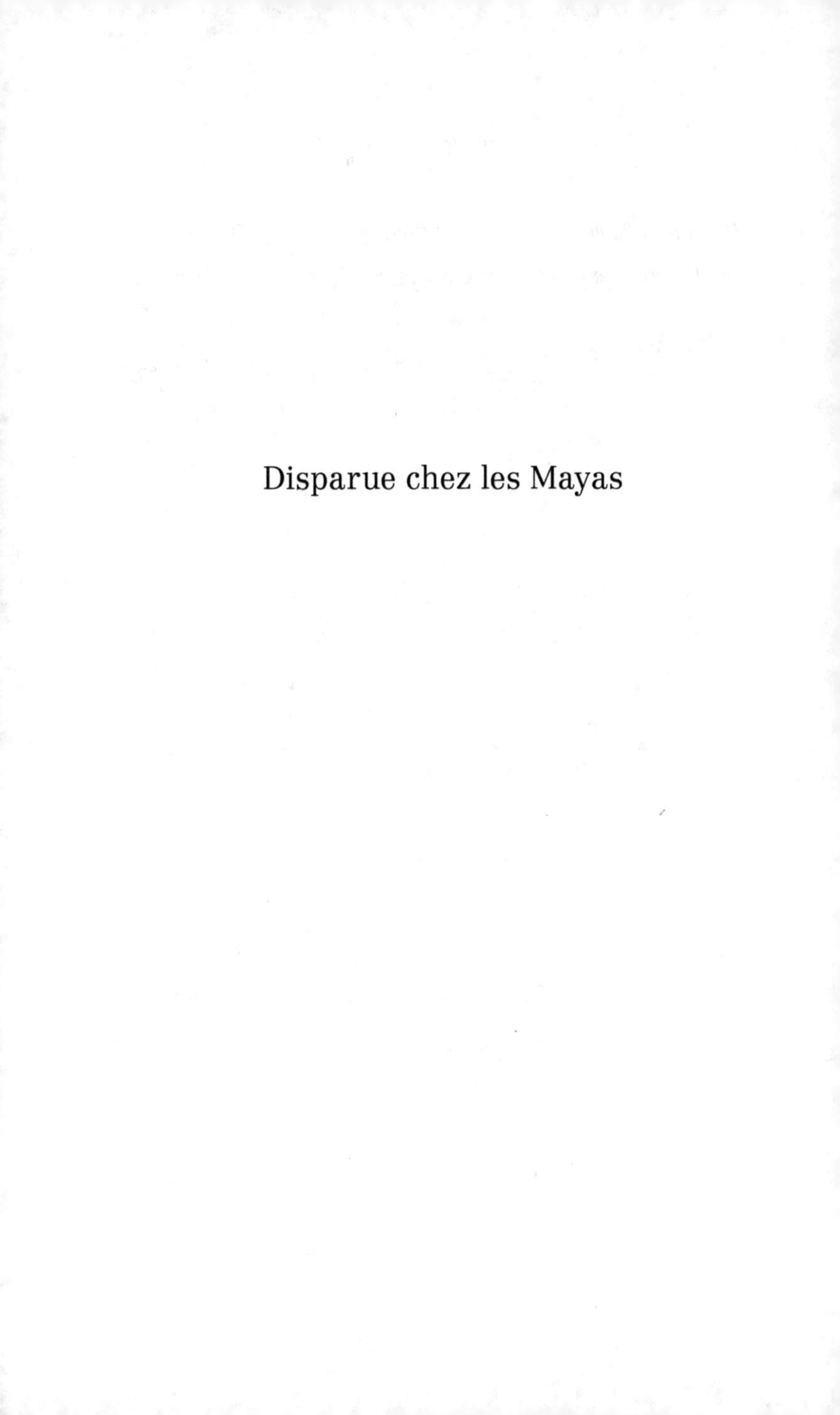

Disparue chez les Mayas

DU MÊME AUTEUR

24 heures de liberté, Ottawa, Éditions David, 2013.

Ski, Blanche et avalanche, Ottawa, Éditions David, 2015.

Pierre-Luc Bélanger

Disparue
chez les Mayas

ROMAN

David

Catalogage avant publication de Bibliothèque et Archives Canada

Bélanger, Pierre-Luc, 1983-, auteur
     Disparue chez les Mayas / Pierre-Luc Bélanger.

(14/18)
Publié en formats imprimé(s) et électronique(s).
ISBN 978-2-89597-587-8 (couverture souple).—
ISBN 978-2-89597-613-4 (PDF). — ISBN 978-2-89597-614-1 (ePub)

     I. Titre. II. Collection : 14/18

PS8603.E42984D58 2017   jC843'.6   C2016-908246-6
                                       C2016-908247-4

Les Éditions David remercient le Conseil des arts du Canada, le
Bureau des arts francophones du Conseil des arts de l'Ontario,
la Ville d'Ottawa et le gouvernement du Canada par l'entremise du
Fonds du livre du Canada.

Les Éditions David
335-B, rue Cumberland, Ottawa (Ontario) K1N 7J3
Téléphone : 613-695-3339 | Télécopieur : 613-695-3334
info@editionsdavid.com | www.editionsdavid.com

À Jean-François, mon frère,
avec qui j'ai visité plusieurs lieux
de cette histoire.

Golfe du Mexique
CAMPECHE
MEXIQUE
GUATEMALA

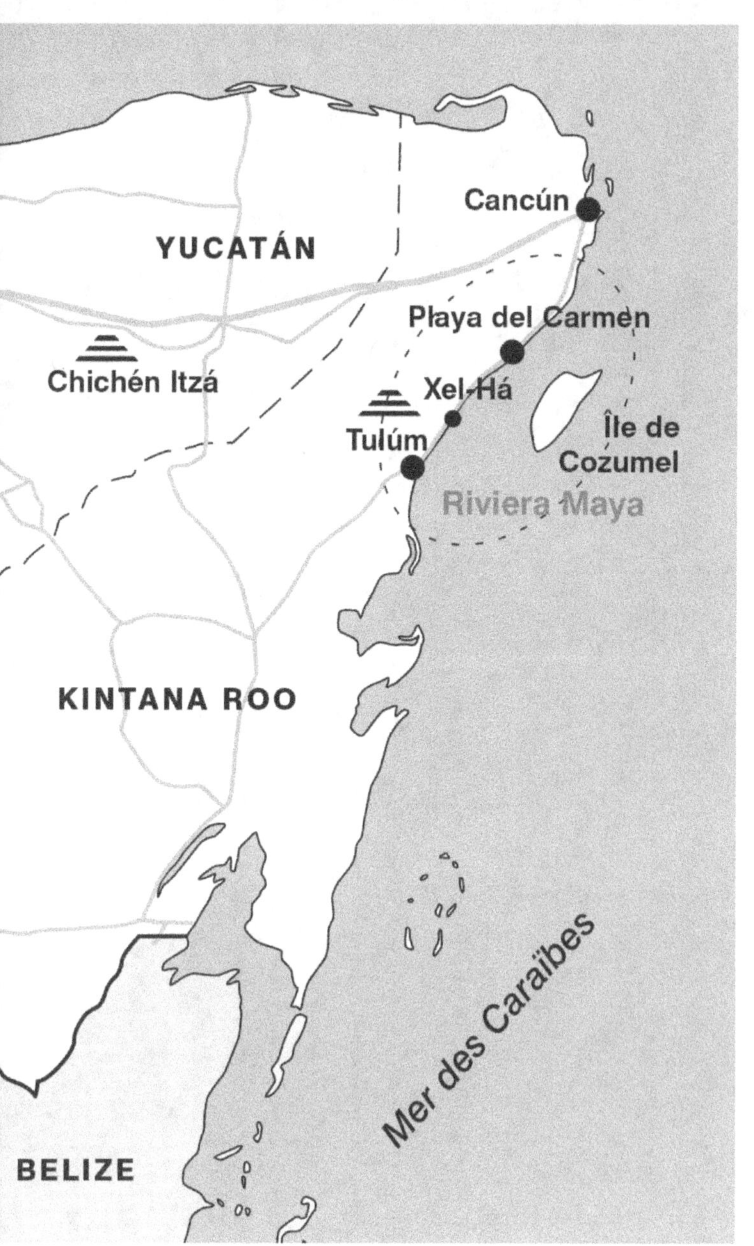

Carte de la péninsule du Yucatán.

CHAPITRE 1

Une réunion excitante

Valérie Brunet sentit son téléphone cellulaire vibrer dans sa poche. Sans que M. Massicotte, son enseignant d'histoire, s'en aperçoive, elle consulta l'écran illuminé. La jolie adolescente aux cheveux dorés venait de recevoir un texto de son frère jumeau.

> N'oubli pas la rencontre dans la
> sale 202 : voyage des finissant ! ☺

Valérie se retint de corriger les fautes dans le message de son frère. Lui souligner que le verbe oublier prenait un « e » à l'impératif présent, que « salle » prenait deux « l » et que « des finissants » s'écrivait au pluriel n'aurait fait que le frustrer. Félix s'était grandement amélioré en français. Toutefois, il était loin de maîtriser sa langue. Dès que M. Massicotte se tourna face au tableau blanc interactif pour ouvrir la carte conceptuelle qu'il complétait avec ses élèves à chaque cours, l'adolescente envoya une réponse à son frangin.

Au son de la cloche, Valérie s'empressa de se rendre à son casier pour y déposer son cartable.

Elle en extirpa son lunch ainsi que celui de son frère, car il l'avait laissé dans leur voiture. « Des fois, il oublierait sa tête si je n'étais pas là ! » marmonna-t-elle, en pressant le pas en direction du local 202. La salle de classe de M. Jean-Paul Antonin était déjà bondée. Heureusement, Félix avait réservé une place pour sa sœur, étant donné qu'il avait eu son cours de mathématiques dans ce local avant le dîner.

— Merci pour mon sandwich ! dit-il en voyant les deux sacs que tenait sa sœur.

— De rien, merci de m'avoir gardé une place.

Les jeunes Brunet parlèrent encore une minute, puis Mme Carmela Santos et M. Antoine Péladeau firent leur entrée. L'enseignante s'adressa au groupe d'élèves de 12e année qui remplissait la salle.

— Bonjour tout le monde ! Merci à votre professeur de mathématiques de nous accueillir. Je suis ravie de voir que vous êtes nombreux à vous intéresser à ce voyage. Comme vous le savez, M. Antonin, M. Péladeau et moi organisons le voyage des finissants depuis cinq ans déjà.

— Chaque année, nous choisissons une nouvelle destination… dit M. Antonin, avant d'être interrompu par Arnaud Pelletier, le copain de Valérie.

— Parce que vous voulez voyager gratuitement sans jamais retourner au même endroit !

— Exactement Arnaud ! Et comme nous devrons t'endurer toute une semaine, je crois qu'il faudra te faire payer le double !

Le groupe pouffa de rire. Même Arnaud se joignit à l'hilarité générale.

— Bon, bon, revenons aux choses sérieuses, déclara M. Péladeau, l'un des trois enseignants d'éducation physique. Cette année, notre destination sera le Mexique ! Nous avons planifié un itinéraire qui vous permettra de visiter les ruines de Tulúm et de Chichén Itzá, vous verrez les pyramides, les cénotes…

— Vous aurez aussi la chance de faire de la plongée en apnée à Cozumel, de goûter à la cuisine locale… poursuivit M. Antonin.

— Sans oublier, pour ceux qui suivent mon cours, que vous pourrez vous exercer à parler espagnol ! ajouta Mme Santos, avec grand enthousiasme.

Le trio d'enseignants de l'école secondaire l'Apogée présenta un bref diaporama afin de montrer l'hôtel. Puis, M. Péladeau traça un itinéraire sommaire pendant que défilaient à l'écran des photos des sites qu'ils allaient visiter. La pyramide de Chichén Itzá s'attira quelques « Oh ! Regarde ça ! ». Des expressions de surprise, de joie et d'émerveillement bourdonnèrent dans la salle. Les photos du traversier pour se rendre à Cozumel, celles des plages de la Riviera Maya, ainsi que les étalages des marchands suscitèrent de nombreux commentaires. Finalement, Mme Santos annonça le prix du voyage. De nombreux finissants parurent découragés par le montant prohibitif qu'il fallait débourser.

— Nous savons qu'il s'agit d'une grosse somme. Toutefois, il faut considérer que l'avion, l'hébergement, le guide, les repas, les visites sont tous compris. Les seuls coûts additionnels sont les petits objets souvenirs que vous allez sans doute vouloir vous procurer, expliqua M. Antonin.

— Nous allons aussi organiser plusieurs campagnes de financement, dont une vente d'agrumes et un lave-auto afin de vous aider, promit Carmela Santos.

— Il vous faudra un versement initial, puis vous en aurez deux autres à faire, expliqua le prof de gym.

— Afin de vous préparer au voyage, il y aura une série de trois miniconférences obligatoires. Des invités mexicains viendront vous parler de la culture, de la cuisine et de l'histoire de ce pays riche en traditions, précisa l'enseignante d'espagnol. Vous verrez que le Mexique actuel est bien loin des cactus, des sombreros et des maracas, bref des stéréotypes que l'on nous présente dans les films.

La réunion se termina au son de la cloche. Rapidement, les élèves se dirigèrent vers leurs prochains cours. Félix et Valérie savaient qu'ils auraient du mal à se concentrer, car ils devraient trouver des arguments pour convaincre leurs parents de les laisser participer à ce voyage.

* *

*

À la fin de la journée, Valérie se rendit au gymnase pour la pratique de volley-ball de son équipe. Pendant la séance d'étirements, elle bavarda avec ses amies Jade Landriault et Geneviève Sauvé, fort excitées elles aussi à l'idée d'aller au Mexique avec leurs amis.

— C'est certain que j'y vais, déclara Geneviève, mes parents se foutent carrément de ce que je fais tant que je ne me fais pas arrêter ou que je ne tombe pas enceinte !

— Suis-je supposée te trouver chanceuse ou être triste ? répliqua Jade. Moi, mes parents ne me lâchent pas d'une semelle depuis qu'ils sont venus me chercher en Chine… il y a 17 ans, tellement le processus d'adoption a été ardu ! En tout cas, je vais leur faire une présentation avec des statistiques, des tableaux et des citations d'experts pour leur prouver qu'un voyage à l'étranger est formateur.

— Il n'y a que toi pour penser à ça !

— Et toi, Valérie, tu crois que tes parents vont te dire oui juste comme ça ? Surtout si Arnaud y va…

— Tu vois ma belle, je sais que je vais devoir supplier un peu… mais… j'ai un atout de taille : Félix. Carré comme une armoire à glace, il ne laissera pas qui que ce soit me faire du mal.

— C'est vrai qu'il est musclé… et beau avec ses cheveux châtains !

— Gen, tu parles de mon frère là !

— C'est pas parce qu'on est amies que je vais devenir aveugle ! Disons que si je me noyais, j'aimerais bien qu'il vienne me faire la respiration bouche à bouche !

— Geneviève Sauvé, t'es terrible ! lâcha Valérie, mi outrée, mi amusée.

Le coup de sifflet de Mme Parker, l'enseignante d'anglais et entraîneuse de volley-ball, mit fin à la discussion. Les filles se divisèrent et prirent leurs positions. Jade effectua le premier service. L'équipe sénior était imbattable à Ottawa. Les joueuses étaient bien fières de leurs statistiques. Afin de garder cette avance et de remporter l'éventuel tournoi provincial à Timmins, elles ne pouvaient pas se ménager lors des entraînements.

* *
*

Félix nageait dans la rivière des Outaouais. Il aimait profiter des dernières journées chaudes de septembre. La famille Brunet demeurait dans une maison cossue au bord de l'eau. L'adolescent profitait de l'emplacement de sa résidence pour pratiquer de nombreux sports. Il raffolait du ski nautique et du *wakeboard*. Quand ses parents le lui permettaient, il aimait se promener en motomarine. Pour lui, ce qui primait, c'était que ça bouge !

Une jolie septuagénaire descendit les marches qui menaient de la maison à la rive. Elle plaça ses mains en porte-voix et lança un ordre, avant d'emprunter l'escalier à nouveau.

– Félix, viens m'aider à rentrer les sacs d'épicerie s'il te plaît ! Je suis épuisée, mon entraînement de zumba était l'enfer.

L'adolescent ne fit pas répéter sa grand-mère sachant qu'elle pourrait l'aider à convaincre ses parents de le laisser aller en voyage sans eux. Il sortit de l'eau et empoigna la serviette qu'il avait laissée choir sur une chaise Adirondack. Il s'essuya rapidement avant d'enfiler ses sandales et de monter rejoindre sa grand-mère qui avait garé sa voiture devant l'imposante demeure de pierre et de verre. Ginette Brunet demeurait avec la famille de son fils depuis le décès de son époux, dix ans auparavant. C'était la solution idéale pour l'avocate à la retraite, car son fils et sa bru, deux chirurgiens, partaient souvent pour de longues périodes, avec l'organisme Médecins Sans Frontières.

Félix hissa quatre sacs très lourds hors du coffre de la Lexus de grand-maman Ginette. Il les déposa dans la cuisine, puis il retourna à la voiture chercher les deux sacs qui y restaient. Pendant qu'il aidait à ranger les emplettes, il se mit à discuter.

— Grand-maman, est-ce que t'es déjà allée au Mexique ?

— Bien oui, à plusieurs reprises. Ton grand-père et moi avions acheté un petit condo au bord de la baie d'Acapulco. Nous l'avons vendu il y a longtemps. Pourquoi ?

— T'sais, l'école va faire un voyage au Mexique.

— Félix, dire « tu sais » au lieu de « t'sais » te coûterait une goutte de salive de plus...

L'adolescent grogna intérieurement d'être ainsi corrigé. Il savait que sa grand-mère ne le reprenait pas pour le punir. Toutefois, il se sentait le cerveau saturé de grammaire, de vocabulaire et de prononciation.

— OK, OK. Tu sais, l'école va faire un voyage au Mexique. C'est notre dernière chance de faire quelque chose de grand tous ensemble. L'an prochain, on sera un peu partout, au collège, au travail ou à l'université.

— Tu as raison, Félix. Ça devrait être un beau voyage. Tes parents vont décider si tu peux y aller... mais... je peux t'aider à les persuader, ajouta-t-elle en clignant de l'œil et en souriant.

Pour une grand-mère, elle avait peu de rides et paraissait jeune. Ses vêtements à la mode ainsi que sa coiffure en vogue créaient cette impression.

— Super, merci grand-maman !

Une fois que toutes les denrées furent placées dans le réfrigérateur ou dans le garde-manger, grand-maman Ginette encouragea son petit-fils à retourner nager. Ses parents et sa sœur n'arriveraient pas tout de suite pour le souper. Le grand athlète ne se fit pas prier.

Une heure plus tard, Jade fit descendre Valérie de la fourgonnette de son père. Étant donné que Félix avait pris leur voiture pour retourner à la maison plus tôt, sa sœur avait demandé à son amie si elles pouvaient covoiturer. Ses parents avaient les moyens d'offrir une automobile à chacun de leurs enfants, mais ils voulaient que les jumeaux partagent afin d'apprendre à s'organiser et à ne pas être trop gâtés. S'il y avait un réel besoin, les jeunes pouvaient aussi emprunter la voiture de leurs parents ou celle de leur grand-mère. Valérie remercia sa copine de lui avoir rendu service, puis elle entra chez elle. L'adolescente consulta sa montre. Il lui restait quelques minutes pour prendre une douche avant de passer à table.

À 19 h, toute la famille se rassembla dans la salle à manger. Ginette et Félix placèrent une assiette fumante devant chaque membre de la famille. Charles et Nancy avaient à peine pris une bouchée de la longe de porc à l'érable, que leurs enfants se mettaient à raconter comment s'était déroulée la réunion des finissants.

— L'itinéraire est super éducatif. Nous allons visiter des ruines mayas, je pourrai pratiquer mon espagnol…, commença Valérie.

— N'oublie pas la plongée pour voir les poissons et les coraux…, ajouta son frère.

Les parents hochaient la tête tout en continuant de manger lentement. Les jumeaux semblaient avoir oublié leur propre faim. Ils tentaient tant bien que mal de convaincre leurs parents de les laisser participer au voyage. Enfin, Nancy s'exprima.

— C'est vrai que l'itinéraire semble bien pensé. Il faudrait rencontrer Mme Santos, M. Antonin et M. Péladeau avant de dire oui. C'est loin…

Les yeux bleus de Nancy ne parvenaient pas à dissimuler une certaine inquiétude.

— Dernièrement, il y a eu beaucoup de meurtres et de ces problèmes de cartels de drogue…, s'inquiéta leur père.

— C'est dans l'ouest du Mexique que ça brasse, Charles. Ils seront dans la péninsule du Yucatán, où le plus grand danger, c'est de contracter la tourista ! intervint Ginette.

Charles regarda sa mère. Il venait de comprendre qu'elle était déjà au courant. Malgré ses réticences, il dirait oui, car sa mère ne se gênerait pas pour utiliser l'as qu'elle gardait dans sa manche. « Nancy et toi partez fréquemment dans des endroits peu recommandables pour soigner des patients avec MSF. » Il l'entendait déjà dire cette phrase qui mettait le point final à de nombreuses discussions.

— Bon, OK. Nous allons autoriser ce voyage et en payer les dépenses. Toutefois…

— Nous allons vous imposer quelques conditions…, s'empressa d'ajouter Nancy.

— Yé ! N'importe quoi ! répliqua Félix.

— Vous allez partager une chambre ; vous devrez appeler soit grand-maman ou nous sur Skype tous les deux jours…

— Et vous devrez participer aux campagnes de financement. L'argent que vous allez récolter amortira le coût du voyage d'un élève moins fortuné, compléta Charles.

Maintenant qu'ils avaient obtenu ce qu'ils voulaient, les jeunes dévorèrent leur repas même s'il avait refroidi. Les nombreuses brasses dans la rivière et l'entraînement de volley-ball leur avaient creusé l'appétit. Félix et Valérie avaient bien hâte d'aller annoncer leur participation au voyage sur Facebook et Twitter.

CHAPITRE 2

Des mois de préparation

— Veux-tu bien me dire qui a eu l'idée géniale d'organiser un lave-auto au mois de novembre ? On gèle ! critiqua Geneviève.

— C'est de ta faute, t'aurais pu mettre un imperméable et des bottes de caoutchouc comme moi, répliqua Jade.

— À force de taquiner les garçons, t'as bien mérité qu'ils t'aspergent avec le boyau d'arrosage, ajouta Valérie d'un ton moqueur.

Le lave-auto avait été prévu pour un samedi au début du mois d'octobre, mais il avait plu toutes les fins de semaine, jusqu'au premier samedi de novembre. Seaux, éponges, chamois et boyaux d'arrosage à la main, la vingtaine d'élèves astiquaient les carrosseries depuis le matin, dans le stationnement de l'école. De nombreux parents et quelques membres du personnel confiaient leur véhicule aux jeunes laveurs. Adepte de la danse, Carmela avait installé une chaîne stéréo qui diffusait de la musique latino, pour motiver les jeunes. Au rythme d'une salsa émanant des haut-parleurs, elle se trémoussait, incapable de résister à l'appel du tempo. Certes, le soleil et la musique aidaient, toutefois, comme Geneviève l'avait souligné, ça manquait de chaleur.

En après-midi, Valérie vit arriver la Lexus de sa grand-mère. En s'approchant, Ginette baissa la fenêtre afin de s'adresser à sa petite-fille.

— Salut, ma belle ! Ça va bien ?

— Oui, grand-maman. On a lavé une cinquantaine de voitures jusqu'à présent. Veux-tu qu'on lave la tienne ?

— Je suis venue pour ça, mais je vais aller voir les garçons. C'est dommage qu'il ne fasse pas assez chaud pour travailler en maillot de bain, ajouta-t-elle, malicieuse.

— Grand-maman ! s'exclama Valérie, indignée.

Ginette se dirigea vers la seconde station, où cinq adolescents l'attendaient. Valérie et ses amies regardèrent brièvement Mme Brunet avant de se remettre à la tâche.

Quand Antoine Péladeau siffla pour indiquer qu'il était temps de fermer boutique, les laveurs étaient exténués. Ils avaient savonné une centaine de voitures. Certains se massaient les bras afin de soulager leurs muscles endoloris. En quelques minutes, ils rangèrent tout l'équipement qu'ils avaient utilisé. Avant de partir, Jean-Paul Antonin, le matheux, estima que cette activité de financement leur avait permis d'amasser plus de mille dollars ! Les jeunes quittèrent l'école fiers de leur travail et heureux de la somme engrangée.

En route pour la maison, Valérie et Félix se moquèrent de leur grand-mère venue voir les garçons au lave-auto.

— Jacob m'a dit qu'elle lui a demandé s'il allait souvent au gym...

— J'ai tellement honte ! dit Valérie.

* *

*

La première miniconférence se déroula après les cours à la mi-novembre. Le professeur Hernandez, de l'Université d'Ottawa, vint leur parler des Aztèques et des Mayas. Il expliqua les grandes lignes de ces deux civilisations fort impressionnantes, tant par leur gestion du temps avec le calendrier, que par leur écriture en hiéroglyphes et leur compréhension de l'ingénierie et de l'irrigation. Les adolescents avaient tellement de questions qu'ils demeurèrent dans l'auditorium pendant trois heures !

En décembre, le peloton de voyageurs passa de nombreuses heures dans le local du cours de sciences culinaires. Vu que le temps des Fêtes approchait, on avait décidé de vendre des tourtières, des pâtés au poulet et des galettes. C'était bien amusant de voir les ados couverts de farine en train d'apprendre les rudiments de la cuisine. Après avoir brûlé quelques douzaines de biscuits, les jeunes apprirent à surveiller leur fourneau de plus près. Antoine Péladeau en profita pour manger tous les plats ratés, qu'il s'agisse de biscuits trop cuits, de carrés cassés ou de galettes déformées. Son métabolisme rapide ainsi que ses deux heures d'entraînement par jour lui permettaient de s'empiffrer comme ça, à l'occasion.

Valérie était à un comptoir avec son copain, davantage intéressé à un jeu vidéo sur son iPhone qu'à la recette de carrés au citron qu'il devait doubler.

– Arnaud, concentre-toi donc un peu. Si l'on se marie un jour, j'm'attends à ce que tu cuisines la moitié du temps.

– Quoi ? dit-il en s'étouffant sur sa salive, on ira au restaurant…

Sa blonde le toisa en fronçant des sourcils. L'adolescent comprit qu'elle n'avait pas apprécié sa tentative d'humour. Il déposa son téléphone, se lava les mains, puis lui demanda ce qu'il pouvait faire.

– Va chercher le malaxeur et les batteurs dans l'armoire là-bas.

*   *

*

Le mois de janvier fut marqué par deux activités. Il y eut d'abord la seconde miniconférence. Cette fois-ci, les voyageurs s'entretinrent par vidéo avec une classe de finissants d'une école de Cancún. Une vingtaine de jeunes qui suivaient un cours de français leur parlèrent dans la langue de Molière entrecoupée de quelques expressions hispanophones. L'échange toucha un peu tous les sujets, des sports à la musique, jusqu'aux cellulaires à la mode. Durant la séance, plusieurs ajoutèrent ces nouveaux amis dans leurs réseaux sociaux, se promettant de demeurer en contact et de tenter de se voir pendant le voyage. Le bercethon du mois de janvier fut lui aussi un succès. Pour chaque heure complétée, les commanditaires versaient un montant préétabli. Les finissants tinrent bon pendant 24 heures. Certains des ados tombèrent endormis à cause du manque d'effort requis pour se bercer. Toutefois, plusieurs d'entre eux profitèrent des collations sucrées et des films que l'on projetait sur un écran géant.

La vingtaine d'ados avait bien hâte d'entreprendre ce voyage. Depuis la rencontre initiale du mois de septembre, ils avaient consacré des heures aux diverses activités de financement. Ils savaient qu'il ne leur en restait qu'une seule, une soirée à l'intention de toute l'école. Ensuite seulement, ils pourraient fêter leur persévérance sur une plage mexicaine. En février, 300 élèves participèrent à la danse de la Saint-Valentin. Une fois de plus, tous les profits étaient versés aux voyageurs. Une centaine de ballons en forme de cœurs furent gonflés. Des mètres et des mètres de guirlandes blanches, rouges et roses furent suspendus partout dans le gymnase de l'école. Pour cette occasion, les filles portaient leur plus jolie robe et les garçons avaient enfilé veston et cravate.

Jade et Jacob Nzanga, un intello avec un talent caché pour le mixage, s'étaient portés volontaires pour être DJ. De la musique rythmée faisait danser les jeunes et quelques enseignants-superviseurs. Dans un coin de la salle, M. Cadieux, le directeur, regardait constamment sa montre. La soirée était bien trop longue à son goût.

Félix était très populaire. De nombreuses filles lui demandaient de danser et il n'avait même pas à s'occuper des tâches qui lui avaient été confiées. Geneviève était responsable de la table des boissons. Elle espérait que quelqu'un cesserait de danser et viendrait la remplacer. Gen voulait s'amuser elle aussi... idéalement avec le frère de son amie. Jade sélectionna la chanson suivante et, cette fois, le tempo ralentit. Des adolescents quittèrent le plancher de danse. Quelques couples se mirent à onduler lentement. La boule miroir suspendue au plafond fournissait un éclairage romantique. Arnaud glissa sa main droite sur la fesse de sa copine. Valérie la repoussa. L'adolescent recommença.

— Arnaud, non, dit-elle en tentant de prendre ses distances.

Il la serra de plus près. Témoin de la scène, Félix s'approcha du couple et tapa sur l'épaule de son ami.

— Lâche-là, tu vois bien qu'elle n'aime pas ça.

— Mêle-toi donc de tes affaires !

Alerté, M. Massicotte demanda aux trois élèves de l'accompagner dans le couloir.

— Bon, qui va m'expliquer ce qui se passe ? C'est la journée de l'amour, pas celle des querelles.

— Rien, répondit Arnaud.

— Valérie, est-ce vrai qu'il n'y a rien ?

— Oui, oui… ce n'est rien. Arnaud est collant et mon frère est surprotecteur. C'est tout.

— Vous pouvez retourner à la danse. Je suis certain que vos amis ont besoin d'être remplacés pour la vente des collations ou quelque chose du genre. S'il y a un autre incident, vous serez expulsés jusqu'à la fin. Puis, vous nettoierez tout seuls. Compris ?

Le trio acquiesça.

La dernière semaine du mois de février fut pimentée par la visite de Señora Bernal, une petite dame qui se déplaçait avec une marchette. Dans la bibliothèque de l'école où ils étaient réunis, la femme âgée regarda chaque ado avec des yeux pétillants, puis elle toussota trois fois avant de raconter la première de trois histoires. Au fil des péripéties, le petit brin de femme accrochait les auditeurs. Elle passa d'un conte folklorique à un conte semi-autobiographique et termina le tout par une histoire qui sema la frousse parmi les adolescents assemblés devant elle. Elle leur parla d'El Cuco, ce pendant hispanophone du Bonhomme Sept Heures, qui parcourait les rues à la recherche d'enfants afin de les enlever, puis de boire leur sang.

— J'espère que la frayeur ne vous empêchera pas de dormir ce soir! lança-t-elle à la fin de son histoire de maléfice.

— Bah... moi j'vais bien dormir comme toujours..., déclara Arnaud avec bravoure, mais, madame Bernal, est-ce que c'est une vraie histoire? demanda-t-il, une trace de crainte dans la voix.

— Ah, mon grand... sache que je ne suis pas une menteuse!

CHAPITRE 3

Le départ tant attendu

— Maman ! As-tu vu mon passeport ?

— Oui Félix, c'est Valérie qui l'a. Elle a mis les deux dans son sac à main.

Le garçon plaçait tous les vêtements qu'il voulait apporter sur son lit. Après tant de mois d'attente, il pouvait enfin faire sa valise. Certes, ce n'était pas son premier voyage. Toutefois, pour la première fois, il partait sans ses parents ou sa grand-mère. L'adolescent était nerveux. Il ne voulait pas oublier quoi que ce soit. Nancy vint rejoindre son fils dans sa chambre. Elle lui posa quelques questions afin de savoir s'il avait pris tel ou tel article. Son garçon avait tendance à être distrait et à avoir des trous de mémoire fréquents.

— Sandales ?

— Oui.

— Maillot de bain ?

— Trois.

— Félix, tu pars seulement pour une semaine !

— J'sais, mais juste au cas...

— Juste au cas où tu rencontres une belle fille, tu ne veux pas porter le même chaque jour, fit

Charles, qui venait d'entrer dans la chambre de son fils.

– Ben, peut-être, admit Félix en rougissant.

L'adolescent continua de choisir vêtements et chaussures. Il savait que ses parents le surveillaient de plus près que sa sœur, car il était plus naïf. Durant les vacances, il veillerait sur Valérie et elle l'aiderait à ne pas se faire avoir en marchandant et à ne pas perdre sa clef de chambre ou son passeport avant de le remettre aux accompagnateurs. Voyant qu'il semblait sur la bonne voie, les parents quittèrent la chambre. La passion de la photographie animait Félix depuis quelque temps. Il préférait à son iPod un véritable appareil qui captait mieux les jeux d'ombre et de lumière. Il fut sur le point d'aller le demander à ses parents, mais il décida de fouiller un peu plus et de le trouver par lui-même. La pièce était grande, il se mit à ouvrir son armoire, le placard, les tiroirs du bureau et des tables de chevet. Enfin, il dénicha l'appareil sous le lit. « Qu'est-ce qu'il fait là ? » se demanda-t-il en se relevant du plancher de bois franc. Sans pousser sa réflexion davantage, il le plaça dans son sac à dos.

Dans la chambre voisine, Valérie déposait de nombreux articles dans sa trousse de toilette. Elle se pratiquait à dire le nom de chacun en espagnol.

– *Crema para la cara, jabón, dentífrico...* Crème pour le visage, savon, dentifrice...

Ne portant pas de maquillage, elle tria ses articles de toilette rapidement. Étant donné que tout était rangé méthodiquement dans sa chambre, c'était facile de trouver les vêtements ou la paire de sandales qu'elle cherchait.

Un peu plus tard, toute la famille se réunit pour le dernier souper avant le grand départ. Ginette et Nancy avaient préparé des *fajitas*, question de se mettre dans l'ambiance. Avant le dessert, Charles remit un sac cadeau aux jumeaux, qui y découvrirent un masque de plongée, un tuba et des palmes.

— De cette façon, vous aurez votre propre équipement. Les tubas ne sont pas toujours désinfectés correctement dans les endroits de villégiature, expliqua leur père, un habitué de la stérilisation dans le bloc opératoire.

— Merci ! C'est une bonne idée, répliqua Valérie.

— Oui, merci ! ajouta Félix.

Les voyageurs étaient fébriles. Même s'ils s'étaient couchés tôt, ils ne tombèrent endormis que tard dans la nuit. Les nombreux textos qu'ils reçurent de leurs amis ne faisaient qu'alimenter le feu de l'excitation.

*   *

*

Le lendemain matin aux petites heures, les Brunet prirent place dans le V.U.S. du paternel et roulèrent en direction de l'aéroport Macdonald-Cartier. Ginette, Nancy et Charles enlacèrent leurs enfants avant de les laisser rejoindre Mme Santos et M. Antonin, qui attendaient déjà avec d'autres élèves de la cohorte devant le comptoir d'Air Canada. À tour de rôle, les parents et les tuteurs passèrent parler aux accompagnateurs. Il y eut un échange de conseils, de préoccupations, de numéros de cellulaires et surtout de mots de réconfort, le passage vers l'âge adulte n'étant pas facile à accepter pour tout le monde. L'heure filait et on n'avait toujours pas vu M. Péladeau. Carmela lui avait envoyé de nombreux textos, mais il ne répondait pas. Elle tenta de masquer son inquiétude. S'apprêtant à faire un appel, l'enseignante vit arriver M. Cadieux, le directeur de l'école. Il la salua et vint à elle. D'une main, il tirait une imposante valise grise et, de l'autre, il tenait un sac de cabine en cuir fin. Le directeur fit signe à ses collègues de le rencontrer à l'écart.

— Salut Carmela et Jean-Paul. J'ai des mauvaises nouvelles. Antoine a eu une crise d'appendicite aiguë pendant la nuit. Il est hospitalisé à Montfort. Son épouse m'a appelé très tôt ce matin. À la dernière minute comme ça, j'ai décidé de vous accompagner pour le voyage. Ainsi on respectera le ratio superviseur-élève.

Pris au dépourvu, les enseignants acquiescèrent. Certains élèves poussèrent des cris de déception lorsque M. Cadieux leur annonça qu'il voyagerait avec eux. Il était loin d'être *cool* et bien trop strict.

— Avoir su, je ne serais pas venu, murmura Arnaud à Valérie.

— Voyons! Ça ne sera pas si pire, le rassura-t-elle, tentant de demeurer optimiste.

Au bout d'une quinzaine de minutes, le peloton était complet. Les adultes indiquèrent aux adolescents de les suivre dans la queue pour déposer leurs bagages au comptoir. Ensuite, ils descendirent au poste de sécurité. Étant donné l'heure matinale, l'opération de déroula rapidement. En un rien de temps, toute la bande se rassembla près de la porte 12 en attente du vol AC 1723 à destination de Cancún.

— Qui a eu l'idée d'acheter des billets pour un vol qui part si tôt? se lamenta Arnaud.

— En partant de bonne heure, on arrive plus vite au Mexique et on a plus de temps là-bas! lui expliqua Valérie.

— C'est vrai que, vu de même, on pourra être sur la plage plus longtemps!

Il continua néanmoins de bougonner, n'ayant pas pu faire la grasse matinée.

— En passant, est-ce que tu vas chialer de même tout le long? lui demanda-t-elle, tannée de l'attitude négative qui devenait une habitude.

— Ma belle, c'est certainement pas aujourd'hui que je vais changer, répondit-il bêtement.

Près d'eux, Jacob s'était étendu de tout son long, occupant cinq places. Il ronflait doucement. Personne ne comprenait comment il faisait pour dormir avec son casque d'écoute sur les oreilles, la musique à plein régime. Geneviève fureta dans son sac à main afin de trouver son tube de rouge à lèvres. La coquine voulait dessiner sur le visage de son ami, pour lui jouer un tour. Toutefois, M. Cadieux, qui semblait avoir des yeux tout le tour de la tête, ne la laissa pas faire.

— N'y pense même pas. Ça serait vraiment plate d'avoir une heure de retenue une fois à destination, au lieu d'aller à la plage avec tes amis.

— Désolée... répliqua l'adolescente, en rangeant son bâton de MAC.

Félix voulait bouger. Il redoutait déjà les quatre heures coincé dans l'avion sans pouvoir étirer ses longues jambes. « Le désavantage de voyager sans m'man et p'pa, c'est que je vais être pogné en classe économique. » Afin de se dégourdir un peu, il marcha jusqu'au comptoir de Tim Hortons, au centre du terminal, devant le poste de sécurité. Une fois rendu, il se mit en file; puis, son tour arrivé,

il commanda deux douzaines de beignes à partager
avec ses amis.

*Ceci est le premier appel d'embarquement pour
le vol Air Canada 1723 à destination de Cancún
au Mexique. Les passagers voyageant avec de
jeunes enfants, les passagers qui ont besoin
d'assistance et les passagers de la classe affaires
sont priés de se présenter à la porte 12 avec leur
carte d'embarquement et leur passeport ouvert à
la page photo.*

Les jeunes de l'école secondaire l'Apogée se
levèrent. M. Antonin leur fit signe de patienter.
Quelques minutes passèrent avant que l'agent
invite les passagers de la classe économique à
monter à bord. Les trois accompagnateurs comptèrent tous les élèves avant de se joindre à la
queue. Ni l'un ni l'autre ne voulait oublier un des
jeunes dont il avait la charge. L'embarquement se
fit sans pépins.

Une fois les ailes dégivrées, les sacs rangés, les
dossiers et les tablettes levés ainsi que les ceintures
bouclées, la pilote fit démarrer les réacteurs et dirigea l'avion vers la piste de décollage. Certains des
jeunes semblaient nerveux. Mme Santos tenta de
les calmer. Elle savait bien que pour certains ce vol
serait leur baptême de l'air. L'enseignante leur offrit
de la gomme à mâcher pour déjouer leur peur et les
aider à garder leurs oreilles débouchées.

Valérie et Félix étaient habitués à la routine,
ayant fréquemment voyagé avec leurs parents et
leur grand-mère. Par le hublot, les jumeaux et
Arnaud regardaient défiler la piste et admiraient
le lever du soleil à l'horizon.

— Ça doit être tellement excitant d'être pilote ! déclara Félix.

— Ils deviennent sans doute blasés… Pourquoi dis-tu ça ? lui demanda sa sœur.

— Penses-y ! Ils font voler des tonnes de métal dans le ciel. C'est impressionnant, non ?

— T'as raison… c'est de la physique, mais c'est vrai que c'est surprenant.

Lorsque l'avion traversa une sévère zone de turbulence, les passagers réagirent de diverses façons. Certains, comme Jacob, se mirent à prier. D'autres, comme Geneviève, se dirent qu'ils survivraient, car ils étaient trop jeunes et trop beaux pour mourir. Sans compter ceux qui furent malades ou s'agrippèrent aux accoudoirs des sièges au point d'en avoir les jointures blanches. Valérie dut parler doucement à son copain afin de le calmer. C'était la première fois que l'adolescente était témoin de la peur chez son ami de cœur. « Même si je le filmais avec mon cellulaire, il n'admettrait jamais qu'il a la trouille, il est bien trop orgueilleux », pensa-t-elle. Heureusement, l'avion cessa d'être secoué après une dizaine de minutes.

Pour les accompagnateurs, le vol était la partie facile du voyage. Tous assis, surtout lorsqu'il y avait de la turbulence, ils n'avaient qu'à tourner la tête pour jeter un coup d'œil sur le groupe de temps en temps et envoyer un regard réprobateur au besoin. Le directeur en profita pour aiguiser ses talents au poker. Il raffolait de ce jeu et jouait sur sa tablette sans s'en lasser. En empochant les gains virtuels, il se dit que c'était dommage qu'il ne s'agisse pas de véritable argent.

Les quatre heures passèrent lentement. Malgré le service de boissons et la console qui leur permettait de choisir le film qu'ils souhaitaient regarder, les élèves de l'Apogée eurent l'impression de ne pas arriver assez vite à destination. Tout à coup, la voix de l'agente de bord Smythe s'échappa de l'interphone, en anglais d'abord, puis en français. « Chers passagers, nous allons entreprendre les manœuvres d'atterrissage. Veuillez demeurer assis avec votre ceinture bouclée et vos bagages personnels bien rangés dans le compartiment supérieur ou sous le siège devant vous », dit-elle. Le groupe de jeunes voyageurs ne se fit pas prier pour suivre ses consignes. Ils levèrent les pare-soleil et admirèrent la vue de l'Aéroport international de Cancún, dans l'État de Quintana Roo.

— Je vois des palmiers ! s'écria Geneviève.

Cinq minutes plus tard, l'avion s'immobilisa au sol. La pilote s'adressa une dernière fois aux passagers.

— Bienvenue à Cancún ! L'heure locale est 12 h 35. Il fait présentement 35°C. Merci d'avoir voyagé avec Air Canada.

Félix, Valérie et leurs amis se mirent à applaudir. Les autres passagers se joignirent à eux.

Au carrousel à bagages numéro deux, les passagers du vol 1723 étaient impatients. La courroie tournait, mais aucune valise ne sortait. Une vingtaine de minutes s'écoulèrent avant que le premier sac fasse son apparition. Quinze autres minutes passèrent avant que tous les élèves aient recueilli leurs valises. Impatiente de quitter l'aéroport, la bande d'ados passa les douanes, puis se rendit au minibus blanc, où un homme vêtu d'un polo jaune les attendait en tenant une pancarte sur laquelle était écrit : *Grupo* Santos/Antonin/Péladeau, Groupe Santos/Antonin/Péladeau.

 Disparue chez les Mayas

– *Hola! Me llamo Tío Juan Sanchez y voy a ser su guía y su chófer,* débita-t-il à la vitesse de l'éclair.

– Bonjour ! Je m'appelle oncle Juan Sanchez. Je serai votre guide et votre chauffeur, traduisit aussitôt Mme Santos.

Devant le regard perdu de certains voyageurs, Carmela s'empressa de rappeler au guide que seulement une petite partie de ses ouailles parlait espagnol.

– Il n'y a pas… de problème… mais je vais… parler… plus lentement… en français, répondit-il avant de partir à rire. Bien non, mon français est EX-CEL-LENT !

Les jeunes placèrent leurs valises dans le compartiment à bagages. Puis, en montant à bord du véhicule, ils saluèrent M. Sanchez. Ce dernier leur annonça qu'ils arriveraient à l'hôtel dans une vingtaine de minutes si les autres chauffeurs coopéraient. Les élèves furent épatés par les palmiers et le ciel d'un bleu éclatant. Les chauds rayons du soleil ne pénétraient pas dans le minibus climatisé. L'estimation de Tío Sanchez s'avéra juste. Après vingt minutes de route, ils arrivèrent à l'hôtel Los Sueños (Les Rêves).

Des haies de palmiers et des buissons d'hibiscus longeaient l'entrée de pavé uni, au bout de laquelle s'érigeait un imposant édifice de stuc blanc. Deux chasseurs vinrent à la rencontre de leur minibus. Prestement, on souhaita la bienvenue aux invités. Pendant que les employés s'occupaient des bagages, une jeune femme vint leur offrir un jus de papaye. Jade, Valérie et Geneviève en profitèrent pour prendre quelques clichés dans le vestibule, où il y avait une abondance de marbre et de plantes tropicales. Jade était déçue d'avoir laissé son matériel de peinture à la maison. Les fleurs ici étaient tellement belles, qu'elle aurait pu ajouter quelques toiles à son portfolio.

Le concierge vint les inviter à passer à la salle à manger pour le dîner pendant que les chasseurs montaient les valises dans les chambres. Les gars se bousculèrent pour se rendre au buffet. Une fois rassasiés autant que leurs jeunes élèves, M. Antonin et M. Cadieux se mirent à distribuer les cartes d'accès pour les chambres. En moins de deux, le groupe s'empressa de gagner ses quartiers, question de revêtir les maillots de bain et de s'enduire de crème solaire. Tout ce qu'il y avait à l'horaire pour le restant de la journée, c'était du temps libre à la plage.

— Wow! Regarde Félix la vue qu'on a! s'exclama Valérie en ouvrant les rideaux.

— On est pas mal chanceux de voir la mer, ajouta l'ado.

Les vingt élèves de l'Apogée se rassemblèrent sur la plage. Certains choisirent de se faire bronzer tandis que les autres allèrent au terrain de volley-ball, question de se dégourdir un peu les jambes.

— Jacob! Arrête de monopoliser le terrain!

— Ce n'est pas de ma faute, Arnaud, si vous n'êtes pas assez vite!

— Qu'est-ce t'as dit, Nzanga? Tu me traites de lambineux?

— Les gars, on est là pour s'amuser! intervint Félix, pas pour se bagarrer.

Arnaud prit une grande respiration avant de maugréer que ça ne valait pas le coup de se fâcher. La bande poursuivit la partie. Jacob tenta de résister à la tentation de couvrir tout le terrain. En

   Disparue chez les Mayas

fin de compte, il attribua la défaite de son équipe
à sa retenue.

Après le match, la troupe se baigna dans la mer
des Caraïbes afin de se rafraîchir un peu. L'eau
turquoise était très invitante. De douces vagues
permettaient aux baigneurs de se laisser flotter
sans s'inquiéter d'être emportés. Le ciel bleu sans
nuages augurait bien.

CHAPITRE 4

Ruines et cénotes

Driiiiiiiiiing! Driiiiiiiiiing! Driiiiiiiiiing!

Valérie chercha à tâtons le téléphone qui faisait ce bruit strident. Elle répondit. Une voix automatisée l'informa en espagnol qu'il était six heures. Elle commença par s'asseoir dans son lit et s'étira un instant. Puis, l'adolescente se leva et se rendit à la fenêtre. Elle ouvrit les rideaux et fut éblouie par le soleil levant.

— Argh! Ferme ça, Val. Il est trop tôt. Nous sommes en vacances!

— Je le sais, mais il faut se lever si on veut manger avant de partir pour Chichén Itzá.

L'idée de louper le déjeuner tira Félix de son sommeil. Le frère et la sœur en profitèrent pour effectuer une série d'étirements, de pompes et de redressements assis, bref la routine habituelle. En quelques minutes, les deux athlètes s'étaient douchés et habillés. Les jumeaux quittèrent leur chambre et se rendirent à la salle à manger où les attendaient déjà leurs enseignants ainsi que quelques membres de la bande.

Peu après, la troupe montait à bord de l'auto-car. *Tío* Sanchez souhaita la bienvenue à tout le monde et demanda ce qu'ils pensaient de l'hôtel jusqu'à présent. Après un torrent de réponses positives, ce fut le départ.

— Alors, nous avons un bon trois heures de route pour nous rendre à Chichén Itzá, annonça le guide.

— Aaaahhhh, se lamentèrent en chœur les ados.

— Oui, oui, je sais que c'est long... mais une fois rendus, vous serez enchantés par l'endroit. Ça, je vous le garantis! Après tout, cette zone archéologique est reconnue comme site de l'héritage mondial de l'UNESCO depuis 1988 et comme l'une des sept nouvelles merveilles du monde depuis 2007!

— 1988! On n'était même pas nés! lâcha Arnaud, pour être drôle.

— Bien... je m'inquiéterais si c'était le cas et vous étiez tous encore en 12ᵉ année, répliqua M. Cadieux.

De nombreux élèves ainsi que les deux enseignants pouffèrent de rire. Une fois le calme revenu, *Tío* Sanchez reprit la parole.

— Nous ferons une petite pause en route, afin de nous dégourdir un peu les jambes. D'ici là, profitez-en pour admirer cette belle ville et... bientôt, vous verrez la campagne mexicaine. Je vous préviens tout de suite que je devrai ralentir à quelques reprises sur l'autoroute, car il y a des *topes* qui vont nous faire sauter très haut, si on les franchit trop vite.

— Des quoi?

— Des dos d'âne, Félix.

     Disparue chez les Mayas

L'autocar avait à peine franchi l'entrée de l'hôtel que certains élèves dormaient déjà. Les autres admirèrent les édifices, les palmiers et le lido. En passant devant un marché, Valérie photographia la pancarte afin de se souvenir de cet endroit où elle désirait retourner. L'adolescente envisageait de marchander un peu pour s'acheter des bijoux en onyx ou un sac de plage. Deux heures passèrent avant l'arrêt de 20 minutes et une autre heure avant d'arriver dans l'immense stationnement de Chichén Itzá. Il y avait déjà de nombreux autocars et autant de voitures garées sur le bitume. M. Antonin et Mme Santos décidèrent de surprendre ceux qui somnolaient toujours.

— Boonnn-jooouuuurrrr l'A-PO-GÉE !!! crièrent-ils dans le micro du guide.

La bruyante salutation du duo qui aimait bien rire eut l'effet voulu. Les dormeurs se réveillèrent soit en sursaut, soit en grommelant. Au moins, tout le monde était prêt à descendre de l'autocar et à suivre le guide, qui attendit à l'entrée principale du site pour s'assurer que personne ne manquait à l'appel. Le directeur fermait la marche et fit signe à Sanchez que tous y étaient. Alors, le Mexicain remit une carte à chaque paire d'élèves, avant de commencer sa litanie de renseignements.

— Bon, je suis convaincu que vous avez vu des noms d'endroits qui piquent votre curiosité. Il y a tellement de faits et d'anecdotes à vous raconter à propos de l'histoire de Chichén Itzá que l'on pourrait y passer au moins deux jours.

Certains regardèrent le guide avec de grands yeux, souhaitant plus de temps à la plage et moins de cours d'histoire.

— Ne vous en faites pas, je ne vous parlerai pas sans arrêt pendant la visite. Nous allons commencer par un aperçu général du site. Je vous fournirai les détails les plus intéressants, puis vous aurez du temps libre pour explorer à votre guise. Ceux qui le souhaiteront pourront continuer avec moi et je poursuivrai mes explications.

Après des soupirs de soulagement, la tournée démarra. Le guide avait bien raison, cette zone était immense ! À leur apogée, les ruines couvraient 25 kilomètres carrés. *Tío* Sanchez faisait de grandes enjambées afin de parcourir une bonne partie des 300 hectares accessibles aux touristes. En avançant, ils virent les ruines de maisons de pierre et, au loin, une imposante pyramide. Le guide leur expliqua en passant que le style de la vingtaine de bâtiments restants devait son évolution à trois vagues de peuplement. Chaque peuple avait érigé des édifices selon son esthétique et sa technologie.

— Les Mayas, les Itzás et les Toltèques ont laissé leur empreinte ici, dit Mme Santos.

Le guide remercia l'enseignante férue d'histoire pour sa remarque. Puis, il encouragea la cohorte à franchir encore une courte distance, car l'endroit qu'il voulait leur montrer se situait à 300 mètres du site principal où se dressaient la majorité des structures de pierre. Alors, ils poursuivirent leur marche vers le nord de l'immense esplanade, là où l'on pouvait voir des arbres.

— Wow ! Cet endroit est énorme ! s'exclama Jacob.

— Je me demande où on faisait les sacrifices humains ?

— Pourquoi, Arnaud ? Tu veux te porter volontaire ? demanda Jacob, taquin comme à l'accoutumé.

— Quoi, tu ne comprends pas que j'suis curieux ?

— Les gars, ça suffit, intervint Valérie.

Elle trouvait que son copain avait la mèche courte… bien trop courte. Un commentaire insignifiant le fâchait et il était toujours prêt à assener un coup à quiconque le contrariait. « J'vais devoir le surveiller de près pour éviter qu'il ruine nos vacances », pensa-t-elle.

Tío Sanchez mena le groupe vers le cénote, puis il expliqua que ce grand trou dans le sol était bien spécial et que divers rituels et croyances y étaient associés.

— Pour les Mayas, ce cénote était sacré. Plusieurs d'entre eux venaient ici en pèlerinage. Pour enchaîner avec le commentaire d'Arnaud, oui il y avait bien des sacrifices ici. Des plongeurs y ont découvert des bijoux, de la poterie et parfois… oui, des ossements. C'est pour cette raison que bien des gens appellent ce lieu, le cénote des sacrifiés. Des squelettes d'enfants et de jeunes femmes, pour être plus précis, y ont été trouvés. Ils sont exposés à Mexico au Museo Nacional de Antropología, le Musée national de l'Anthropologie. Les offrandes étaient une façon de prier et de remercier le dieu de la pluie qui, selon le mythe, demeurait au fond du cratère. Lors de grandes périodes de sécheresse, on croyait qu'un sacrifice amènerait la pluie. Selon les dires, les nombreux cénotes qui parsèment la région étaient des portails vers l'outre-monde.

Les élèves s'approchèrent du rebord afin d'observer l'eau au fond de l'immense trou de

60 mètres de diamètre et de 30 mètres de profondeur jusqu'à l'eau.

— Y sauter représenterait une chute spectaculaire! dit quelqu'un.

Ensuite, on alla observer le joyau du site historique : la grande pyramide. En effet, cette imposante construction de pierre était à la fois un important lieu dans l'histoire des Mayas et une merveille de l'ingéniosité humaine.

— Pensez-y, *gang*. À l'époque de cette construction, il n'y avait pas de grues ou de machines pour hisser les blocs de pierre au sommet, fit remarquer M. Antonin.

— Même les pierres étaient taillées à la main, ajouta sa collègue. Vous vous découragez quand il y a une mine de coincée dans le *sacapuntas* électrique dans ma classe et qu'il faut aiguiser vos crayons à la main, dit-elle d'un ton légèrement moqueur.

Les adolescents hochèrent la tête, d'accord avec la comparaison de Carmela. Tailler des milliers de pierres avec des outils rudimentaires avait dû être extrêmement ardu. Ils convinrent qu'il fallait beaucoup de vision pour accomplir un tel projet. Les jeunes admirèrent la pyramide surnommée El Castillo, Le Château. L'imposante structure s'élevait à une vingtaine de mètres. Sur chacune des quatre façades, un escalier de 91 marches permettait jadis de se rendre au sommet. Il y en avait donc 364 en tout. La plateforme supérieure, commune aux quatre façades, comptait pour la 365e, représentant le nombre de jours dans le calendrier maya. Sans oublier les plateformes qui symbolisaient les mois et les panneaux qui désignaient les années du calendrier.

Leur guide énuméra quelques films et vidéoclips de musique tournés sur le site. Les élèves apprirent avec trépidation qu'ils foulaient le même sol que certaines de leurs vedettes préférées. Cette découverte les poussa à dégainer leurs appareils et leurs téléphones intelligents afin de prendre une multitude de photos collectives et d'égoportraits.

Tel que promis au début, les élèves eurent du temps libre. Avant qu'ils se séparent, M. Cadieux leur rappela qu'ils représentaient l'école ainsi que le Canada et qu'ils devaient agir comme de bons ambassadeurs. Derrière leurs verres fumés, certains élèves décochèrent des regards exaspérés à leur directeur. Rouge comme un homard en raison d'un sérieux coup de soleil, le bonhomme leur tombait sur les nerfs. Même sa tenue vestimentaire les horripilait : un short à carreaux assorti d'un polo une taille trop petite, des bas dans ses sandales, sans oublier une casquette à l'effigie de Mickey Mouse. Bref, c'était gênant d'être à ses côtés.

Certains allèrent au petit marché, acheter de l'artisanat ; d'autres, affamés, se pressèrent vers le restaurant. Félix demeura planté devant l'imposante pyramide. Il aurait souhaité pouvoir l'escalader et admirer la vue panoramique au sommet. Toutefois, de nombreux gardiens surveillaient la structure qui, à cause des ravages du temps, n'était plus sécuritaire. Avide de sports, il se dirigea ensuite vers le terrain de pelote avec Jacob, qui lisait le dépliant ramassé à l'entrée du complexe archéologique. Son ami profita de cette manne d'information pour raconter comment se déroulaient les joutes, sur ce terrain entouré de murs de pierre.

– Regarde Félix, tu vois les anneaux en pierre ici... et là ?

– Ouais...

– Bien, les joueurs devaient réussir à faire entrer dedans une balle à peu près grosse comme un pamplemousse.

– Comme au ballon panier ?

– Un peu, mais ils pouvaient seulement utiliser leurs hanches, leurs épaules ou leurs fesses pour propulser la balle.

– Ayoye ! Ça ne devait pas être facile ça, s'exclama Félix.

– Mets-en, mais les joueurs devaient travailler fort pour y arriver, car les perdants étaient assassinés !

– T'es pas sérieux, là ?

– Oui, regarde, c'est écrit ici, prouva Jacob en pointant le passage dans le dépliant qu'il tenait.

Félix observa de plus près les anneaux. Il donna quelques coups de hanches sur une pelote imaginaire, tentant de découvrir s'il serait capable de la faire passer dans un anneau si sa vie en dépendait. « Ça doit prendre pas mal de pratique pour réussir un truc comme ça », songea-t-il en s'éloignant du terrain.

* *

*

Valérie et Arnaud s'étaient aventurés vers l'observatoire appelé El Caracol. Le tandem découvrit que le nom d'Escargot donné à l'édifice avec la coupole en guise de toit, venait de l'escalier en colimaçon à l'intérieur. Il manquait de nombreuses pierres, mais une bonne partie de la structure était toujours debout. Valérie se mit à rêvasser aux gens qui avaient dû passer des nuits entières à cet endroit, à observer le firmament.

— Bon, on a assez vu de tas de roches. On y va ?

— Encore une minute ou deux, Arnaud, s'il te plaît.

— Ben… je suis tanné… et j'ai faim !

Valérie tenta de cacher son agacement.

— Si tu veux, vas-y. Je te rejoindrai au casse-croûte dans quelques minutes.

— Non, non, c'est beau. Je vais t'attendre.

Satisfaite, l'adolescente continua d'examiner l'observatoire qui la fascinait tant.

*　*
*

Durant le trajet du retour, les jeunes comparèrent leurs achats et leurs photos. Ils avaient bien aimé cette visite de Chichén Itzá. Maintenant que la partie éducative de la journée était terminée, les adolescents mouraient d'envie d'arriver à leur hôtel pour profiter du bord de mer et de la piscine avant le coucher du soleil.

— Qu'est-ce que vous diriez d'une partie de frisbee ultime sur la plage ? demanda Félix.

Un chœur d'élèves applaudit sa proposition. Même les adultes promirent d'y prendre part.

— Ça va aider à faire descendre tout le gâteau à la noix de coco que j'ai mangé ce midi, déclara M. Antonin tout en se tapotant le ventre.

CHAPITRE 5

Panique sous l'eau

Ce matin-là, le message enregistré les réveilla à 7 h. L'heure additionnelle de sommeil fut grandement appréciée par les adolescents qui apparurent à la salle à manger l'air moins éméché que la veille. Tout en mangeant, Mme Santos leur rappela de préparer un petit sac avec maillot de bain, serviette, écran solaire, lunettes et chapeau.

– Nous allons revenir à l'hôtel pour le souper. Donc, apportez tout le nécessaire pour notre excursion. Vous découvrirez la plus grosse île du Mexique, un paradis de la plongée et un des plus importants ports de toute la mer des Caraïbes.

Une fois que M. Antonin eut vérifié que tous les passagers étaient à bord de l'autocar, il signala à Juan Sanchez qu'il pouvait démarrer. Direction : Playa del Carmen, une petite ville reconnue pour ses bijouteries, pour ses boîtes de nuit et, bien sûr, pour son port. En route le long de la Riviera Maya, le guide souligna la côte parsemée de jolies stations balnéaires qui s'étendaient sur de nombreux kilomètres. Au bout d'une heure, les jeunes de l'Apogée arrivèrent au quai. Il fallait prendre un bateau pour se rendre à l'île de Cozumel. À partir de la rive de Playa del Carmen, on pouvait la deviner à l'horizon.

À bord du navire, Jade blêmit rapidement. Même s'il y avait peu de houle, l'étrange sensation du bateau qui tanguait ne lui allait pas du tout.

– Je vais être malade, dit-elle péniblement à Valérie.

Reconnaissant les symptômes du mal de mer, son amie la guida vers les toilettes. Elle accrocha son frère en passant et lui demanda d'aller chercher une bouteille d'eau. Jade vomit son déjeuner. Valérie retint les cheveux de son amie afin qu'ils ne trempent pas dans la cuvette. Puis, elle l'aida à se relever et à se rendre à l'évier, où Jade put s'asperger le visage d'eau froide. On cogna à la porte. Valérie s'empressa de répondre à Félix, de l'autre côté, qui lui tendit un contenant de Dasani. Elle le remercia et remit la bouteille à sa copine.

– Allez, bois un peu, puis nous allons monter sur le pont. L'air te fera du bien.

En sortant, les filles remarquèrent la file de gens fort pâles qui attendaient pour les remplacer. Pierre-Emmanuel Cadieux en faisait partie. Son teint verdissait et la sueur perlait sur son front. De toute évidence, la traversée lui était pénible. Mme Santos vint prendre des nouvelles de Jade dès qu'elle vit la jeune fille accoudée au bastingage. Elle lui recommanda de regarder l'île à l'horizon et de se concentrer sur le relief.

– Tu vas t'habituer au mouvement du bateau, lui promit-elle.

– Je l'espère. J'ai l'habitude de tout réussir, mais là je ne peux même pas faire un petit tour en mer sans être malade. C'est vraiment *poche*, répondit l'adolescente que certains surnommaient *Miss* Parfaite.

Lorsque le capitaine accosta, Valérie se crut dans un film de zombies. De nombreux passagers quittèrent l'embarcation d'un pas hésitant. Certains se tenaient toujours le ventre. *Tío* Sanchez rassembla son troupeau et leur souhaita la bienvenue dans l'île de Cozumel, en les assurant qu'ils allaient tellement aimer leur séjour qu'une fois de retour au Canada, ils oublieraient le désagrément de la traversée. Incrédules, les jeunes le suivirent vers l'autocar qui les attendait. En marchant le long du quai du terminal en stuc blanc et en verre qui accueillait les rescapés du traversier, ils virent de nombreux kiosques où l'on pouvait s'inscrire pour des excursions. Le guide leur fit signe de se presser, car il avait déjà tout organisé. D'abord, il avait prévu une petite tournée d'orientation.

Au volant du véhicule, *Tío* Sanchez raconta que les Mayas, les Espagnols et même des pirates avaient habité l'île! En quittant le port, il pointa vers la gauche, où se trouvaient une zone hôtelière et le Museo de la Isla.

— Ce musée est très intéressant, car il relate l'histoire de Cozumel, en plus de présenter ce que l'on peut découvrir dans la mer. Toutefois, il fait tellement beau que je doute que vous vouliez demeurer à l'intérieur pour l'instant. En fin de journée, vous apprécierez davantage la visite à l'ombre, car il va faire chaud, chaud, chaud! Alors, nous y reviendrons.

Le trajet se poursuivit à travers le centre-ville de San Miguel. De chaque côté du chemin se dressaient des rangées de boutiques d'artisanat, de restaurants, de boîtes de nuit et de bijouteries.

Chaque édifice était plus coloré que ses voisins. Les devantures corail ou jaune étaient légion en plus des nombreuses murales. Sans oublier les auvents qui transformaient le cœur de San Miguel en véritable kaléidoscope.

La circulation était dense, non pas à cause des voitures, mais plutôt des hordes de piétons et de chauffeurs de mobylettes qui zigzaguaient. Malgré les fenêtres fermées et l'air climatisé à plein régime, on entendait le bruit de la métropole de Cozumel. Le cœur de la ville battait au rythme de la musique hispanophone et des klaxons, en plus des voix des vendeurs désireux d'attirer à leur étal ou à leur resto la foule des touristes débarqués avec un croisiériste.

Après l'aperçu du centre-ville, le chauffeur se dirigea vers l'est en empruntant le chemin Transversal de Cozumel. Puis, il tourna vers le sud. Il sillonna la Quintana Roo C 1 jusqu'au Faro Celarain, l'un des trois phares de l'île, où il fit une pause afin que les élèves puissent descendre se dégourdir les jambes. Ceux qui n'avaient pas le vertige montèrent plus d'une centaine de marches et eurent le privilège d'admirer le paysage. Une plage de sable blanc disparaissait partiellement chaque fois que les vagues venaient la lécher, laissant de l'écume en se retirant. Ensuite, le chemin changeait de nom en longeant les dunes de la côte ouest et devenait l'avenue Rafael E. Melgar, baptisée en l'honneur du sénateur responsable de la construction du Malecón de Cozumel, cette promenade au bord de la mer, où l'on pouvait admirer les flots autant que les œuvres d'art. Légèrement à l'extérieur de la ville, le bus s'arrêta à un petit kiosque où l'on vendait des jus de fruits frais. Le guide leur expliqua qu'il y avait maintenant trois activités possibles. Un des adultes accompagnerait chaque groupe.

— Bon, si vous voulez faire de la plongée, allez avec Mme Santos ; si vous désirez faire un tour de mobylette, suivez M. Antonin et si vous voulez vous promener un peu dans la ville de San Miguel de Cozumel, puis aller à la plage, vous restez avec M. Cadieux et moi. Prenez quelques minutes pour y penser, encouragez ce commerçant et dégustez des jus de papaye ou de mangue. Ensuite, nous allons décoller !

Les jeunes se mirent aussitôt à bavarder. Ceux qui avaient été malades lors de la traversée mirent automatiquement une croix sur la plongée. Ils craignaient déjà le retour à Playa del Carmen et ils ne voulaient rien savoir de toute une journée sur l'eau. Lorsque *Tío* Sanchez plaça deux doigts dans sa bouche et siffla très fort, les élèves se rassemblèrent autour de l'accompagnateur de l'activité qui les intéressait.

Félix, Valérie, Geneviève et Arnaud rejoignirent Mme Santos. Ils étaient les seuls qui voulaient faire de la plongée. Ils saluèrent leurs amis, puis ils partirent avec leur enseignante, jusqu'à un quai non loin de là. Mme Santos alla parler avec le préposé pendant que les jeunes passaient aux vestiaires pour se changer. Dans la petite pièce, seule une épaisse bâche offrait un peu d'intimité entre le côté des hommes et celui des femmes.

— Il me semble qu'appeler cette armoire à balai un vestiaire est pas mal exagéré !

— Mets-en Arnaud, renchérit Félix.

— Ça doit être un peu mieux de notre bord, il y aurait de la place pour deux autres filles, dit Valérie.

– Je pense que mon garde-robe est plus grand
que ça ! déclara Geneviève.

Sur le quai, deux hommes s'approchèrent. L'un
d'eux, plus âgé, portait une casquette d'un bleu pâli
au soleil ; l'autre, dans la vingtaine, était vêtu d'un
maillot de bain et d'un t-shirt imprimé d'une bouteille de téquila. Ils saluèrent leurs jeunes clients et
leur expliquèrent, en espagnol, qu'ils étaient Jorge,
le capitaine du petit bateau et Pablo, l'instructeur
de plongée. Geneviève passa ses doigts dans ses
cheveux et offrit son plus beau sourire au jeune
homme. Valérie se mit à rire de l'attitude ridicule de
son amie. Une fois tout le monde à bord, Carmela
traduisit rapidement les consignes de sécurité que
l'instructeur venait de donner. Puis, le capitaine
défit les amarres et prit place à la barre.

– Nous allons plonger à trois endroits différents. Comme ça, vous pourrez voir une variété de
coraux, de poissons et de tortues. Et peut-être un
tiburon, dit-il assez fort pour ne pas être enterré
par le bruit du moteur.

Mme Santos hésita un instant avant de tra-
duire. Elle espérait bien ne pas faire la rencontre
d'un requin !

*　　*

*

Sur la terre ferme, Jacob et sept amis profitaient
de la balade en mobylette. Même en conduisant
des véhicules d'une cylindrée peu puissante, les
adolescents étaient heureux de pouvoir parcourir des kilomètres derrière le guidon. Armé d'un
plan détaillé, Jean-Paul Antonin les guida dans
les rues de la ville. Ils s'arrêtèrent fréquemment

pour des pauses photo devant des édifices colorés, avec des insulaires chaleureux, ou au bord de la mer des Caraïbes.

*   *
*

En ville, Jade et le reste du groupe marchandaient les sombreros et les t-shirts avec le message : *¡Sobreviví el cruce a Cozumel!* J'ai survécu à la traversée à Cozumel! Leur guide les aida à négocier un peu, mais pas trop, souhaitant que ses compatriotes obtiennent un bon prix pour leur marchandise. Les jeunes appréciaient bien la ville qui bourdonnait. Un mélange de touristes et d'habitants circulaient dans les rues. Les terrasses des restaurants et des cafés étaient bondées. Une foule de gens attendait d'être servie par des cuisiniers ambulants dont le fumet des viandes grillées mettait l'eau à la bouche. Un mélange de musique latino et de gros tubes américains se partageaient les décibels. Entre les boutiques climatisées, on trouvait des étalages de souvenirs bon marché, des kiosques de fruits et, bien entendu, d'innombrables panneaux réclame vantant le goût et la qualité des téquilas et des *cervezas*, les fameuses bières mexicaines, interdites aux ados pourtant assoiffés. Fatigué par la marche, le directeur proposa une pause à l'ombre et paya une tournée de *popsicles*.

*   *
*

Le capitaine Jorge coupa le moteur et jeta l'ancre. Puis, Pablo distribua des masques, des tubas et des palmes. Valérie et Félix sortirent l'équipement offert par leurs parents. Pablo installa une échelle sur le rebord du bateau et Mme Santos, qui souffrait d'un léger embonpoint, s'en servit pour descendre. Le guide et les jeunes préférèrent sauter. Les conditions étaient idéales pour la plongée. Le soleil était brûlant et l'eau cristalline était calme. Une fois sous la lame, les plongeurs purent admirer des bancs de poissons multicolores. De plus, ils repérèrent de nombreux poissons-anges, une raie et deux tortues ! Félix se désola d'avoir oublié d'acheter une petite caméra étanche. Revenu à la surface, il fit part de sa déception à sa sœur, qui l'encouragea en lui promettant d'acheter quelques cartes postales. Après l'exploration des trésors marins de cette région, Pablo invita sa bande à retourner au bateau afin d'aller voir des coraux plus loin.

*　*

*

À la plage, la troupe de *Tío* Sanchez avait entrepris une compétition où l'équipe qui enterrait un de ses membres dans le sable jusqu'au cou le plus rapidement recevait de la crème glacée à la noix de coco, gracieuseté des perdants. Le guide agissait en tant que juge. Les adolescents s'amusèrent à creuser dans le sable chaud. L'accompagnateur appréciait la joie de vivre des jeunes clients. Contrairement à ses collègues qui refusaient les caravanes d'ados, *Tío* Sanchez en avait fait sa spécialité. Il s'amusait et se sentait rajeunir. Par contre, M. Cadieux semblait s'ennuyer fermement. Les ados se divisèrent en deux groupes selon leur équipe de hockey préférée. Les partisans des Sénateurs affrontèrent les amateurs des Maple Leafs. Un garçon de chaque clan se porta volontaire pour être ensablé. En un temps record, les fans de l'équipe ottavienne remportèrent la compétition.

*　*
*

À l'entrée d'une baie, le capitaine Jorge coupa le moteur pour la seconde fois. Les jeunes ne se firent pas prier pour sauter à l'eau. Ici, le récif de corail était spectaculaire. La variété de couleurs allait des teintes pastel aux riches tons de bourgogne, d'ocre et d'orange. Mme Santos leur expliqua brièvement qu'un tel récif constituait une sorte d'appartement pour les organismes vivants qui se trouvaient dans la mer.

Tout en explorant, Arnaud plongea en catimini et vint tirer sur la cheville de Valérie. Prise de panique, elle agita les jambes, donnant ainsi un coup de palme dans le masque de son copain. Surpris, il avala de l'eau, ce qui le força à retourner à la surface en toussotant. Quand l'adolescente réalisa qu'elle venait de le frapper, elle remonta derrière lui et le gronda de lui avoir fait peur, tout en s'excusant pour le coup.

— J'vais survivre, Val. Tu sais... J'ai une idée de ce que tu pourrais me promettre pour te faire pardonner.

Valérie regarda autour d'elle, les autres étaient loin. Elle enlaça Arnaud et l'embrassa tendrement. Ce dernier intensifia la bise. Il glissa ensuite ses mains le long des flancs de sa petite amie. Désirant un peu d'air et d'espace, Valérie tenta de repousser doucement son Don Juan.

– Encore! Tu me rejettes encore. Non, mais tu fais exprès ou quoi? T'es rien qu'une allumeuse! vociféra-t-il.

– T'es méchant, il n'y a pas que ça dans la vie. Plus tu agis comme ça, moins ça me tente d'aller plus loin avec toi, parvint-elle à dire.

Elle remit son masque et son tuba en place et nagea vers le bateau.

* *

*

Le soleil plombait toujours sur les jeunes en mobylettes. Ils venaient de reprendre la route après une halte pour manger des tacos au poisson. M. Antonin avertit les membres du groupe qu'il leur restait un peu plus d'une heure avant de devoir rendre leurs scooters. Les élèves furent à la fois déçus et excités. Ils désiraient raconter leur aventure à leurs camarades. Entre les courses qu'ils avaient faites, le carambolage évité de justesse lorsque deux des filles avaient tenté de conduire les mains dans les airs et, bien entendu, les sites qu'ils avaient visités, les jeunes motocyclistes avaient adoré leur expédition.

* *

*

Félix avait remarqué que sa sœur demeurait muette et qu'elle évitait de croiser le regard d'Arnaud. Quelque chose avait dû se produire. «Elle me le dira bien une fois rendue à notre chambre», se dit-il. Pablo leur annonça que le dernier endroit où ils allaient plonger était spécial, car il y avait une épave sous l'eau.

— Un bateau de bois qui transportait plein de matériel a fait naufrage ici. Il reste des meubles, une statue et même un canon !

Geneviève fut la première à trouver la cargaison du navire qui avait sombré après avoir heurté un rocher dans cette eau peu profonde. Après en avoir averti ses amis, elle plongea de nouveau. L'adolescente rêvait de trouver une montagne de pièces d'or. Après quelques brasses, elle aperçut un coffre massif. Toutefois, il ne contenait pas de trésor. « J'aurais dû y penser. Ce lieu de plongée est devenu une place de touristes ! » pensa-t-elle. En donnant quelques coups avec ses palmes, Geneviève ressentit de la douleur dans sa jambe gauche. Elle tenta de masser sa crampe, mais en vain.

À la surface, Félix et Valérie s'inquiétaient de ne plus voir leur amie. Félix dit à sa sœur qu'il allait replonger pour tenter de la retrouver. Gen manquait d'air. Avec ses bras et à l'aide de sa jambe droite, elle remontait péniblement. L'adolescente commençait à paniquer lorsqu'elle sentit un bras musclé lui prendre la taille et la tirer vers le haut. Surprise, elle reconnut son sauveteur. Une fois remontée à la surface, Gen enleva son masque et son tuba d'un coup sec. Elle se mit à respirer très fort.

— Vas-y tranquillement, lui recommanda Félix.

Elle modéra sa respiration. L'intensité de sa crampe diminuait. Le jeune homme l'aida tout de même à retourner au bateau. Jorge et Pablo la hissèrent à bord. Mme Santos lui tendit une serviette en lui demandant comment elle se sentait.

– Ça va. J'ai eu une grosse crampe à la jambe gauche. J'avais de la difficulté à revenir à la surface et à respirer. Une chance que Félix est arrivé à temps, il m'a sauvée!

– Y a rien là, dit-il humblement.

L'ado eut à peine le temps de compléter sa phrase, que Gen lui collait un baiser sur les lèvres. Surpris, mais heureux, il ne la repoussa pas, du moins jusqu'à ce que Valérie toussote très fort.

* *

*

Trois quarts d'heure plus tard, les vingt finissants, les deux enseignants, le directeur et le guide se rencontrèrent au kiosque de jus où ils s'étaient laissés le matin. *Tío* Sanchez avait eu raison : la visite au Museo de la Isla fut bien accueillie. Déambuler à l'ombre à l'intérieur de l'imposant immeuble jaune fut un contraste bienvenu, après les heures passées au soleil. Certains des élèves écoutèrent avec intérêt les explications du guide. Cependant, la majorité se lassa rapidement des dates et des noms de personnages historiques. Arnaud en avait marre. Après tout, il était en vacances, pas à l'école. Pendant que le groupe observait une sculpture, il s'aventura dans l'édifice et découvrit une pièce dans laquelle on exposait des armes. Impressionné, il effleura un casque de métal jadis porté par un conquistador espagnol. L'alarme retentit avant que l'idée d'un système de sécurité ne lui vienne à l'esprit. Il n'eut pas le temps de s'éloigner. Deux gardiens entrèrent et lui mirent la main au collet. Le bruit fit sursauter les visiteurs de l'Apogée. Après un compte rapide, M. Cadieux s'aperçut qu'un élève manquait. Mécontent, il partit à la recherche d'Arnaud. Le directeur fut obligé de discuter longuement tout en étant flatteur et persuasif avec les deux gardes qui, heureusement, parlaient très bien l'anglais. Le coupable s'excusa à maintes reprises d'avoir touché à l'artefact. Il blâma sa curiosité maladive, une invention du moment, pour s'en sortir. Après une bonne quinzaine de minutes, les deux surveillants avaient les oreilles tellement écorchées qu'ils furent soulagés de laisser partir l'ado et le directeur.

Une fois la visite du musée terminée, la délégation de l'Apogée monta dans l'autocar une dernière fois et prit la route en direction du port. Plusieurs redoutaient le mal de mer, mais ils ne ralentirent pas la file de gens, souhaitant en terminer au plus vite. En un temps record, tous étaient à bord du traversier. Valérie s'installa sur le pont avec Jade et Geneviève. Les trois amies bavardèrent, comparant leur journée. Jade semblait s'habituer un peu au mouvement du bateau. Félix et Jacob avaient trouvé deux partenaires de cartes et jouaient une partie de poker à l'intérieur. M. Cadieux ne put s'empêcher de leur faire des recommandations lorsqu'ils misaient des friandises. Pour sa part, Arnaud ruminait à l'arrière, en contemplant les sillons blancs créés par les moteurs.

CHAPITRE 6

Une journée de repos

Le mardi matin, aucun appel ne les réveilla. Les élèves profitaient d'une journée de repos à l'hôtel afin de profiter de la plage et des nombreuses activités offertes sur les lieux. Malgré la possibilité de faire la grasse matinée, la plupart des jeunes ne se levèrent pas trop tard. Nombre d'entre eux se rencontrèrent pour le déjeuner. Déjà, ils établissaient leur horaire afin de maximiser le nombre d'activités à faire tout au long de la journée.

— On pourrait emprunter des vélos et aller faire une randonnée en ville. Il y a le marché de la Perle noire qui n'est pas trop loin... ou... on pourrait se rendre au Mercado 28, commença Valérie.

— Ah, ça, c'est le marché des Mexicains, poursuivit Jade.

— Ben là, on est au Mexique, c'est certain que tous les marchés sont des marchés de Mexicains, non ? répliqua Jacob.

— Non, non, ce n'est pas ça. Il y a des marchés destinés aux touristes et il y a des marchés où magasinent vraiment les locaux.

— OK, je comprends.

– Moi, je voudrais voir le Mercado Perla Negra, pour savoir si les perles noires, ça existe vraiment.

– Bon, encore un truc de filles !

– C'est vrai qu'aller en bicyclette ce matin serait une bonne idée, car la chaleur va grimper en après-midi et ça ne sera pas tenable, intervint Félix, pour couper court aux inévitables protestations.

Les quatre amis décidèrent de partir sur-le-champ. En passant devant Mme Santos, assise près de la piscine en train de lire une revue à potins, ils la saluèrent et Jade lui expliqua leur plan. L'enseignante sortit son carnet de notes de son sac de plage et y inscrivit leurs noms ainsi que leur destination. Puis, les jeunes se pointèrent au comptoir de la directrice des activités pour emprunter des vélos. La jeune femme qui occupait ce poste leur donna quelques consignes et une carte de Cancún. Elle leur expliqua que, s'ils restaient sur le boulevard Kukulcan, l'artère principale, ils n'auraient pas d'ennuis, à l'exception de la circulation. Elle leur déconseilla de se rendre au Mercado 28 en bicyclette, car c'était très loin et ils seraient épuisés avant de revenir à l'hôtel.

– Si vous voulez y aller, prenez l'autobus.

« Ce sera toujours un marché de moins », se dirent les garçons. Les jeunes remercièrent la directrice et se dirigèrent vers un enclos où un jeune homme leur remit chacun une bouteille d'eau et un vélo. En pédalant, le quatuor aperçut des hôtels et des condos de luxe ainsi que des boutiques. Ils firent une petite pause devant le restaurant Lorenzillo's spécialisé dans les fruits de mer. Véritable institution de Cancún, ce bistrot érigé sur des pilotis dans la lagune, avait survécu au dernier ouragan dévastateur. Après avoir repris la route,

Jade, Jacob, Valérie et Félix se firent dépasser par un chauffeur au volant d'une BMW décapotable lancée à vive allure. Jade freina brusquement.

— Aaaahhhh !

Les deux filles se retrouvèrent par terre. Félix et Jacob, en avance de quelques mètres, laissèrent subito presto leurs montures sur le bord de la chaussée et rejoignirent les filles.

— Est-ce que ça va ?

— Oui, oui, Félix, je n'ai pas vu Jade freiner et je lui ai rentré dedans.

— On a seulement deux ou trois égratignures, on peut continuer, ajouta Jade qui n'en était pas à sa première blessure, car elle était souvent maladroite.

— Et dire qu'aujourd'hui, tu ne t'étais pas encore cognée contre les pattes du lit ou le cadre de porte !

Les camarades reprirent la route en riant. Au bout de quelques minutes, ils arrivèrent à destination : le Mercado Perla Negra. Jacob et Félix offrirent aux filles de surveiller les vélos pendant qu'elles exploreraient les étalages, étant donné qu'ils ne disposaient pas de cadenas. Puis, ils changeraient de rôles. Les filles se promenèrent entre les kiosques avec délectation. Plusieurs faisaient face à la rue, mais leur arrière-boutique donnait sur un couloir et une autre rangée de magasins. On trouvait là une variété de babioles avec des dauphins, des cactus et des palmiers. Jade souleva quelques figurines et découvrit qu'elles provenaient d'Asie... Valérie se dirigea au bout du magasin, où elle avait aperçu un maroquinier. « Grand-maman aimerait sans doute un sac à main en cuir », se dit-elle. Lorsque Jade vint la rejoindre, le tenancier ferma la porte coulissante derrière elle. Valérie jeta un œil alarmé au vendeur, qui expliqua vouloir garder l'air frais à l'intérieur… ainsi ils seraient plus à l'aise pour marchander. L'homme avait raison. Les deux adolescentes sortirent du commerce quelques minutes plus tard avec un sac à main, une ceinture et un bracelet achetés à très bon prix. « On devrait cesser de toujours penser au pire. Nos préjugés n'étaient pas fondés », pensa la jeune Brunet. Les filles remplacèrent les gars, les laissant ainsi faire leurs emplettes. Ils optèrent pour des t-shirts avec des messages rigolos et des jus fraîchement pressés, car ils avaient soif après avoir attendu si longtemps au soleil.

*   *

*

De retour à l'hôtel Los Sueños, les amis prirent part à une course de kayaks avec quatre autres membres de leur groupe scolaire. Ceux qui restaient les encourageaient à partir de la plage. Mme Santos et M. Antonin agissaient en tant qu'arbitre et chronométreur respectivement, tandis que M. Cadieux prenait des photos pour la page Facebook de l'école. Le sprint final entre Arnaud et Félix fut très serré. À la dernière seconde, Félix donna un solide coup de pagaie et dépassa son rival. La victoire lui fut attribuée. Arnaud digéra mal la défaite et quitta le groupe en maugréant. Plus tard en soirée, il décida d'aller voir Valérie, dans l'intention de s'excuser pour son commentaire désobligeant de la veille. Il retrouva sa copine assise au bord de la piscine. Elle se faisait tremper les pieds dans l'eau fraîche tout en regardant le ciel étoilé.

— Est-ce que je peux m'asseoir ?

— Oui, bien sûr.

Arnaud enleva ses sandales et s'installa à côté d'elle. Il plongea ses pieds dans l'eau rafraîchissante.

— Val, je m'excuse pour hier. C'est juste que…, commença-t-il.

— Je comprends. On ne va pas à la même vitesse. C'est frustrant, compléta-t-elle.

— Ouais, c'est ça. Que dirais-tu de sortir ce soir ? On pourrait aller danser.

— On n'a pas l'âge, il me semble.

— J'ai parlé avec le gars qui s'occupe de l'animation au bord de la piscine. Son cousin est portier au Coco Bongo, une boîte de nuit branchée. Moyennant quelques dollars, il va nous laisser entrer.

— Je ne sais pas…

— Allez, nous sommes en vacances, c'est le temps de faire des petites folies…

— D'accord, mais on ne doit pas revenir tard. Demain le réveil est tôt pour notre excursion à Tulúm, répondit-elle.

— Promis, Valérie.

Le couple se donna rendez-vous en soirée. Valérie se creusait les méninges pour trouver quoi dire à son frère. En entrant dans la chambre, elle vit que Félix lui faisait signe de s'approcher. Il parlait avec grand-maman Ginette sur Skype. Ils avaient promis de communiquer à quelques reprises avec leur aïeule, mais ils ne l'avaient pas encore fait.

— Bonsoir, grand-maman ! Je suis désolée qu'on n'ait pas appelé avant…, lança Valérie.

— Vous êtes pas mal occupés. C'est ce que Félix vient de me dire. Je suis heureuse que vous vous amusiez autant.

— T'iras voir mon compte Instagram, j'ai ajouté plein de photos !

— Super ! J'ai hâte de voir ça.

— Quoi de neuf de ton côté, grand-maman ? lui demanda sa petite-fille.

— Pas grand-chose… Je reviens de Montréal où j'ai assisté à un combat ultime avec mes amies de femmes… et je me suis inscrite à un concours de défis. Si je suis sélectionnée, je passerai à la télé cet été.

— Wow ! C'est vraiment *cool* grand-maman !

Les jumeaux continuèrent la conversation pendant quelques minutes. Puis, tous trois se souhaitèrent bonne nuit. Félix rangea sa tablette et demanda à sa sœur ce qu'elle voulait faire. Celle-ci opta pour la vérité. Après tout, son frère pouvait lire en elle comme dans un livre ouvert.

— Arnaud et moi nous sommes parlés. Nous allons danser. Veux-tu venir ?

— Ben, non, pas si c'est une *date*. Je vais aller jouer au billard avec Gen, Jade et Jacob.

Une heure plus tard, Valérie rencontra Arnaud à la réception. Un taxi les attendait pour les mener au club. En route, son copain admirait les voitures de luxe garées devant les condos et les restaurants. Quelques modèles italiens le firent saliver. La musique était si forte qu'avant même de descendre de la voiture, ils entendirent le rythme des tambours et de la basse. Le couple fit la queue avec les autres. Après une vingtaine de minutes, ils arrivèrent au portier.

— *Buenas noches Ricardo, soy un amigo de Estebán de Los Sueños*[1], amorça le jeune homme, en glissant 20 dollars américains dans la main du portier.

— *Bienvenido a Coco Bongo*[2] *!* répliqua-t-il en empochant le pot-de-vin.

Après avoir payé les frais d'entrée, Valérie et Arnaud pénétrèrent dans l'imposant immeuble. À l'intérieur, des néons, des stroboscopes et plein de projecteurs de couleurs variées créaient une atmosphère branchée, dans un décor oscillant entre la boîte de nuit traditionnelle et un club tropical. Sur la scène, un orchestre jouait de la musique au rythme accrocheur. L'espace était bondé de danseurs. Il y avait de longues files au bar. Les jeunes se fondirent dans la foule. La musique changea, on passa à un air de salsa endiablé. Un rassemblement de fêtards leur offrit quelques coups de téquila. Valérie refusa, alors Arnaud trinqua en double. Ils dansèrent jusqu'à ce qu'un couple les heurte par accident.

— Non, mais ça va pas là ? Regardez donc où vous allez ! s'exclama l'adolescent.

— Merde ! fit l'homme.

Les deux élèves reconnurent leur directeur, accompagné d'une femme jeune et jolie. La gêne s'installa immédiatement.

— Vous n'êtes pas en âge d'être ici. Qui vous a laissés entrer ? demanda M. Cadieux.

— Peut-être... mais... on n'est pas les seuls qui ne respectent pas les règles... Vous n'êtes pas

---

1. Bonne soirée, Ricardo, je suis un ami d'Estebán de Los Sueños.

2. Bienvenue au Coco Bongo !

marié, vous ? rétorqua Arnaud, sous l'influence de l'alcool mexicain.

Le directeur rougit. En s'éloignant, il recommanda aux jeunes d'oublier cette soirée et de retourner à leur hôtel. « Maudit, j'aurais dû me contenter d'un verre dans le fumoir de l'hôtel ! » se dit-il, en menant sa compagne vers le bar.

Arnaud saisit une bouteille à moitié pleine qui traînait sur une table et la cala tout en marchant vers la sortie. L'alcool lui brûlait la gorge et l'estomac. Dehors, il lâcha un cri afin d'obtenir un taxi. Valérie demeura muette. Elle se rongeait les sangs, en regrettant de ne pas être restée à l'hôtel. L'adolescente craignait que M. Cadieux communique avec ses parents et qu'elle se fasse réprimander. Arnaud raccompagna Val jusqu'à sa chambre. Il tenta de l'embrasser, mais elle le repoussa en se plaignant qu'il empestait la téquila.

— Va-t'en Arnaud. Toi et moi ça ne fonctionne pas. On est trop différents. C'est fini.

— Fini ? Tu vas le regretter, princesse ! J'te reprendrai plus ! cria-t-il.

En partant, il donna des coups de pieds à un plant d'hibiscus dans un pot de terre cuite. Il renversa des chaises longues et fit tout un tapage parsemé de jurons. Félix ouvrit la porte et laissa entrer sa sœur avant même qu'elle ne trouve sa clef.

— Est-ce que ça va ?

— Oui, t'en fais pas pour moi.

— Honnêtement, c'est un bon débarras, ce gars-là, c'est un épais !

Toujours énervés par les événements qui venaient de se produire, les jumeaux ne dormirent pas tout de suite. Valérie raconta sa soirée à son frère. La rencontre avec leur directeur le surprit autant qu'elle. Ils décidèrent de regarder la version espagnole d'un film d'animation qu'ils avaient déjà vu. L'adolescent put suivre sans mal, même s'il ne connaissait pas la langue comme sa sœur. À mi-chemin, fatigués par leur journée, les jumeaux s'assoupirent. Plus tard, la musique plus forte du générique réveilla Valérie qui éteignit le téléviseur avant de se rendormir.

De son côté, M. Cadieux, las de sa soirée gâchée au Coco Bongo, s'était arrêté à l'hôtel de la jeune femme. Plus tard dans la nuit, il prit un taxi pour retourner au Los Sueños. Il gagna sa chambre mais, ne trouvant pas le sommeil, il se rendit au bar de la discothèque. Là, il commanda un cognac, puis fit la conversation au barman. Ce dernier lui dit qu'il pouvait se joindre à une partie de poker qui allait débuter sous peu.

— *Amigo*, je dois vous avertir que c'est du poker sérieux et que la mise est très élevée.

— Pas de problème. Ce sont ces parties-là que je préfère. C'est bien plus excitant !

M. Cadieux traversa la pièce où flottait une épaisse fumée de cigare, puis il prit place à la table où se trouvaient déjà trois autres joueurs. Pierre-Emmanuel remporta la première main. Il jubila. « Il faudrait que ma femme essaie ce jeu, je pourrais même la laisser gagner un peu... comme ça elle y prendrait goût. De même, elle cesserait de me reprocher de jouer. La femme que je viens de rencontrer est bien plus aguichante... », pensa-t-il en augmentant la mise de mille dollars.

Le soleil se pointait à l'horizon quand se termina la partie de poker. Il ne restait que M. Cadieux et un Mexicain. Le directeur avait perdu beaucoup d'argent. Il proposa de jouer une dernière main à quitte ou double. Très confiant, Pierre-Emmanuel déposa ses deux as et trois dames sur la table. Malheureusement, sa main pleine fut détrônée par la séquence royale de son adversaire.

— Alors, comment allez-vous vous acquitter de votre dette ? demanda le gagnant.

— Euh... je suis persuadé que l'on peut s'arranger...

CHAPITRE 7

La disparition

En route pour Tulúm, Arnaud posait un regard vide sur son entourage. Quand *Tío* Sanchez heurtait les *topes*, l'adolescent se tenait la tête. La brosse de la veille n'avait pas fini de le faire souffrir. Comme le mineur n'avait pas l'habitude, il ignorait ses limites et les astuces des buveurs aguerris pour réduire les effets de la gueule de bois.

Valérie se sentait soulagée d'un fardeau. Elle bavardait avec ses amies. Toutes trois souhaitaient faire une séance de photos au bord de la plage.

— Selon les images que j'ai vues dans Google, il y a les ruines en haut et si on descend, il y a une belle plage qui est... genre... cachée entre des rochers, expliqua Geneviève.

— Je gage qu'il doit y avoir un tunnel secret pour se rendre de la plage à la pyramide, ajouta Jade.

— J'ai comme l'impression que tu lis trop de romans mystères, ma chère, répliqua Valérie.

— Ben... en cas d'attaque, il faut une issue de secours... en sens contraire.

— Ouais, ça serait logique, Jade. On demandera à *Tío* Sanchez rendu là-bas, trancha Gen.

Félix admirait le paysage qui défilait sous ses yeux. Il avait ses écouteurs Bose bien enfoncés dans les oreilles. Aucun son de l'extérieur ne l'atteignait. Ainsi, il pouvait se concentrer sur la musique. L'adolescent hochait la tête en cadence. À quelques reprises, il se retint de se mettre à chanter en même temps que le refrain, car il ne voulait pas qu'on se moque de lui. Sous la douche ou dans la voiture ça passait, mais fausser en public n'était pas envisageable !

Un quart d'heure avant d'arriver aux ruines, Carmela et Jean-Paul lancèrent un défi à leurs élèves.

— Mme Santos et moi avons conçu une chasse au trésor. Nous allons remettre une liste d'indices à chaque groupe de deux, ce qui devrait vous permettre de visiter le site au complet. Lorsque vous trouverez les réponses, surtout des statues ou des monuments, vous devrez prendre un égoportrait montrant que vous avez bien résolu l'énigme.

— Vous n'avez pas besoin de trouver toutes les réponses dans l'ordre, précisa leur prof d'espagnol. La première équipe qui aura toutes les dix photos remportera une excursion en catamaran !

Les vingt adolescents poussèrent un cri de joie à l'idée de gagner ce prix. Immédiatement, ils formèrent des équipes : Jade et Geneviève, Jacob et Arnaud, Félix et Valérie… Dès que l'autocar fut immobilisé dans l'aire de stationnement, les jeunes se précipitèrent hors du véhicule afin de passer rapidement à la billetterie du site archéologique de Tulúm. Puis, ils entreprirent leur quête photo.

   Disparue chez les Mayas

— Suis-je une source de vie ou un portail vers l'outre-monde ? lut Geneviève à sa partenaire.

— Euh… c'est bizarre comme premier indice, commenta Jade.

— Une source de vie… une mère, peut-être ?

— Je n'en suis pas certaine… surtout à cause de l'outre-monde. La source… la vie… Ah ! Je l'ai, c'est l'eau.

— OK, mais l'autre partie de l'indice alors, ça sert à quoi ? demanda Gen.

— Attends, laisse-moi regarder une carte du site sur mon téléphone.

— Pis ?

— Il y a la mer des Caraïbes en bas de la falaise, le Temple de la mer au sud du site et…

— Quoi ? Envoye, dis-le !

— Qu'est-ce que *Tío* Sanchez nous a dit à Chichén Itzá à propos des cénotes ?

— Il y avait des sacrifices pour avoir de la pluie…

— Oui, mais aussi que l'on croyait que leur profondeur menait à l'outre-monde. Donc il faut aller à la maison de la cénote !

— Je suis contente d'être en équipe avec toi, Jade. C'est certain qu'on va gagner. Non seulement t'es brillante, mais t'écoutes quand le guide ou les enseignants parlent !

— Bien là… merci, mais tu pourrais trouver les réponses toi aussi, répliqua Jade, invariablement modeste et toujours gentille, avant de se déplacer un peu pour prendre une photo sans avoir le soleil dans les yeux.

Étant donné qu'il était encore tôt, le site n'était pas trop achalandé. Les ados avaient le champ libre pour trouver les endroits convoités et les prendre en photo. Les équipes parcouraient le site, impressionnées par les vestiges des épais murs de pierre qui entouraient jadis ce lieu de fortification. Les jeunes y découvrirent des bâtiments dont seulement la fondation avait survécu. Toutefois, de nombreux temples de petite taille étaient toujours debout. Des gravures de divinités, de scènes de vie ou tout simplement des fioritures ornaient certaines parois. Évidemment, c'est la célèbre pyramide El Castillo, juchée au haut de la falaise, qui capta l'attention des élèves de l'Apogée. À cet endroit, la vue de la mer était époustouflante car l'eau turquoise et paisible s'étendait à perte de vue. Au loin, on apercevait des voiliers et des catamarans aux voiles colorées. Félix et Valérie prirent une pause de la chasse au trésor pour admirer le spectacle.

— Wow! C'est réellement spécial de voir cet ancien château fort et de le photographier avec nos appareils modernes. Je me demande si, dans un millénaire, les gens seront aussi impressionnés par les édifices du 21e siècle.

— Val, on est en vacances! Ce n'est pas nécessaire de se casser la tête comme ça.

— Ben là, Félix, je ne me donne pas un devoir. Il me semble que c'est une bonne question et ça remet notre existence en perspective.

— Dans le genre de qu'est-ce qu'on fait d'assez marquant pour laisser une trace dans l'histoire?

— Exactement!

— Bien, si on se grouille on pourrait être les gagnants de la première compétition de photos de l'Apogée à Tulúm...

— Tata! Pas quelque chose de même... Mais t'as raison, on devrait continuer.

Motivé pas la victoire, Félix lut un autre indice : « Au lieu de ramper, ces deux serpents se dressent bien droit et offrent leur soutien. »

— J'espère qu'il ne s'agit pas de vrais serpents, déclara Valérie en insistant sur le mot « vrais ».

— Toi, pis ta peur des serpents...

— Bien oui, monsieur a déjà tenu une couleuvre et il se prend pour un charmeur de serpents. Je pense que tu ne serais pas gros dans tes culottes si un serpent à sonnettes se faufilait jusqu'à toi !

— Peut-être, mais tu partirais à courir avant moi !

Une fois les plaisanteries terminées, les jumeaux Brunet se creusèrent à nouveau les méninges. Il ne leur manquait pas beaucoup de photos, mais ils devaient se grouiller s'ils souhaitaient gagner.

— Je pense que l'important, dans cet indice, c'est l'idée de se dresser tout droit et de soutenir quelque chose.

— OK, s'ils sont plantés debout... c'est comme un poteau... mais il n'y en a pas vraiment ici, observa Félix.

— Non... t'as raison... mais il y a des colonnes. On est passés devant le Grand Palais, où il y en avait plein.

— Oui, je m'en souviens... sauf que c'est écrit qu'il y en a deux.

Valérie se mit à scruter l'horizon. Elle prit son téléphone, alluma la fonction de la caméra et ajusta le zoom au maximum. Ensuite, elle effectua un tour de 360° avant de cerner un point de mire. L'adolescente donna un coup de coude à son frère. Puis, elle pointa du doigt vers le haut. Félix tendit le cou, regarda l'écran du téléphone intelligent et comprit ce que Val venait de découvrir. Là, au sommet d'El Castillo, on voyait deux colonnes formées par les queues torsadées de serpents à sonnettes, qui tenaient une section du toit de la pyramide.

— Iiisshh ! Il va falloir être pas mal créatifs pour prendre une photo de cette partie-là, puisqu'on ne peut pas escalader les ruines, émit Félix.

— T'inquiète pas, on va trouver un bon angle, l'encouragea Valérie, pleine d'enthousiasme comme d'habitude.

Une trentaine de minutes plus tard, avec les dix photos bien enregistrées, les Brunet pressèrent le pas pour rejoindre leurs enseignants, assis à une table de pique-nique et en train de siroter du lait de coco.

— Félicitations, vous avez les bonnes photos ! Toutefois, Rachelle et Vickie ont été plus rapides que vous, leur annonça M. Antonin.

Déçus d'avoir perdu, les jumeaux quittèrent les adultes et partirent explorer davantage. En route, ils croisèrent leurs amis. Valérie les informa que la partie était terminée et que deux de leurs camarades de classe avaient remporté la compétition. Le bruit de tambours rompit le silence. Une troupe de musiciens et d'acrobates entamaient un numéro. Les ados s'approchèrent pour admirer les trois artistes vêtus de costumes traditionnels, qui grimpaient à un mât au sommet duquel pendaient de longues courroies. En s'y agrippant, ils se mirent à tournoyer autour du poteau. Grâce à leur vélocité, ces hommes semblaient voler ! La musique de percussion s'alliait parfaitement aux mouvements rapides des voltigeurs. Puis, un enfant se mêla à la foule. Il brandissait un chapeau et fit le tour des spectateurs afin de récolter quelques dons.

   Disparue chez les Mayas

Lasses du spectacle, Valérie et ses amies se dirigèrent vers la plage. Elles y descendirent lentement, mal chaussées pour une telle pente.

— Ouin, porter des sandales de plage n'était pas la meilleure idée, se plaignit Gen en glissant dans le sentier.

— Fais comme moi, je les ai enlevées, suggéra Valérie.

Une fois sur la plage, les filles avaient oublié le désagrément de la descente. Le sable était doux sous leurs pieds et l'eau était invitante. Après s'être photographiées, elles tentèrent de trouver de jolis coquillages. Leur plage privée ne le demeura pas longtemps. Des élèves et d'autres touristes les rejoignirent peu après. Pour la seconde fois en moins de 24 heures, Valérie croisa M. Cadieux. Assis dans le sable, il lisait un polar. Elle feignit de ne pas le voir, au soulagement du directeur, car il n'avait pas envie de bavarder. Geneviève s'amusa à faire des acrobaties. Enfant, elle avait fait beaucoup de gymnastique et prenait toujours plaisir à montrer ses prouesses. Secrètement, elle rêvait de faire partie d'une troupe de cirque, mais ne le disait pas, de peur qu'on tente de la décourager. Pendant que son amie multipliait les culbutes et les sauts, Valérie la filmait. Jade marchait dans la mer, heureuse que les vagues qui lui caressaient les chevilles soient chaudes. L'adolescente blaguait souvent qu'elle était douillette, un bain glacé ne lui disait rien.

— OK, l'Apogée, c'est le temps de partir ! cria Mme Santos.

Du haut de la falaise, l'enseignante fit signe au groupe de commencer l'escalade. Maintenant, le site grouillait de monde. De nombreux touristes déambulaient sans se préoccuper des jeunes qui retournaient à leur autocar. Valérie et ses amies ne marchaient pas très vite et poussaient des petits cris de douleur en remontant la pente, car le sol chaud et rocailleux blessait la plante de leurs pieds nus. Une fois rendues au sommet, les trois filles jetèrent un dernier coup d'œil au panorama. La jeune Brunet prit une grande inspiration tout en balayant du regard la vaste étendue d'eau qui miroitait au soleil. «Que c'est beau!» se dit-elle, oubliant ses pieds endoloris.

Les adolescentes remirent leurs sandales et se dépêchèrent de se rendre au stationnement. Val indiqua à ses amies qu'elle s'arrêtait aux toilettes. Les deux autres décidèrent d'aller directement à l'autocar. Deux hommes suivirent du regard les filles qui se séparaient. L'un d'eux fit signe à son compagnon de se diriger lentement vers le bloc sanitaire, puis il s'éloigna. Deux minutes s'écoulèrent avant que Valérie ne ressorte. Elle n'aperçut pas l'individu appuyé au mur de l'édifice. Après s'être assuré qu'ils étaient seuls, il s'approcha de Valérie, mais elle pressa le pas. Mal à l'aise, elle tourna la tête pour dévisager celui qui, la tête baissée, se cachait derrière sa casquette. Au loin, elle vit l'autocar de son groupe et eut bien hâte d'y arriver. Elle entendit une dernière fois l'appel de son enseignante.

CHAPITRE 8

L'alarme

— 17, 18, 19... 19... Qui est-ce qui manque ? demanda M. Antonin.

Les finissants s'entreregardèrent. Qui pouvait bien être resté derrière ? Certains avaient changé de sièges dans l'autocar, donc il n'était pas évident de voir qui était absent. Félix signala enfin que Valérie n'était pas à ses côtés.

— Ta sœur n'était pas avec toi, Félix ? demanda l'enseignant.

— Oui, pour la chasse aux photos, mais après elle est allée avec les filles, expliqua-t-il en montrant Jade et Gen, assises quelques places derrière lui. Elle n'est pas là ?

Jean-Paul se faufila dans l'allée étroite, malgré son ventre rond qui lui rendait la tâche difficile.

— Les filles, est-ce que Valérie était bel et bien avec vous ?

— Oui M. Antonin, Val était avec nous. Quand Mme Santos nous a appelées, nous sommes tout de suite remontées de la plage, expliqua Geneviève.

— Une fois en haut, on a pris une minute pour admirer la vue une dernière fois, puis on est venues au stationnement. Valérie nous a dit qu'elle devait passer aux toilettes et qu'elle nous rejoindrait à l'autocar, ajouta Jade.

— OK, merci, on va aller vérifier si elle y est toujours.

L'enseignant sortit du véhicule pour annoncer à ses collègues que Valérie Brunet manquait à l'appel après son détour au bloc sanitaire. Mme Santos alla donc la chercher. Elle avait peut-être eu un malaise. « En voyage, ça arrive souvent d'être victime de la tourista. On mange des aliments différents, on boit de l'eau non potable par inadvertance », pensa la voyageuse d'expérience en marchant vers les toilettes. Elle fit le tour des lieux rapidement, étant donné que toutes les cabines étaient inoccupées. Elle revint bredouille et demanda à Gen et à Jade de sortir de l'autocar un instant.

— Les filles, est-ce que Valérie était bel et bien à la plage avec vous deux tout le temps ?

— Oui, madame, répondit Jade.

— Écoutez, c'est vraiment important d'être honnête, là. Je sais que des fois, entre amies, on se couvre l'une l'autre. J'ai déjà eu votre âge moi aussi.

— Juré, madame, répliqua Gen. Val, c'est vraiment pas le genre à se sauver où à aller faire des niaiseries.

— Je sais bien, mais…

— Carmela, moi aussi je l'ai vue à la plage, interrompit le directeur, jusque-là silencieux.

Félix tenta de joindre sa sœur au téléphone. L'ado craignait qu'il n'y ait pas de signal partout sur le site de Tulúm. M. Antonin le regardait faire, en espérant de bonnes nouvelles. La sonnerie retentit une fois, puis une seconde et finalement, au troisième coup...

— Bonjour! C'est Val, je ne suis pas disponible, donc laissez-moi un message.

— C'est allé à la boîte vocale. J'pars à sa recherche.

Jean-Paul souhaitait éviter une scène, alors il suivit l'ado sans l'interpeller, sachant fort bien que ses deux collègues, toujours à l'extérieur, ne le laisseraient pas s'éloigner.

— Faut qu'on aille voir, insista Félix. Elle s'est peut-être foulé la cheville ou quelque chose et elle a de la misère à marcher.

Mme Santos accepta son aide. Le directeur approuva de la tête, pendant que Gen ainsi que Jade regagnaient leurs sièges. M. Antonin sortit comme les filles allaient se rasseoir. Soudain, il entendit un torrent de questions. Alors, pensant à calmer les élèves qui devenaient plus bruyants, il rebroussa chemin et fit signe à *Tío* Sanchez de mettre de la musique pour les divertir.

La professeure d'espagnol s'arrêta au comptoir de la billetterie pour signaler la disparition d'une élève. La préposée appela deux gardiens avec sa radio émettrice. Félix leur montra une photo de sa sœur à côté de la pyramide. Ensuite, ils partirent à sa recherche. Au bord de la falaise, Félix descendit rapidement. Il fit le tour de la plage, mais sa sœur n'y était pas. Puis, il scruta la mer. Brièvement, il craignit qu'elle se soit noyée. Toutefois, il déduisit que si elle était allée se baigner, elle aurait laissé ses sandales, son sac et ses vêtements sur le sable. Sans oublier que ses amies avaient confirmé qu'elles étaient remontées toutes les trois. Le jeune regrimpa à la course pour continuer les recherches avec Mme Santos.

Au bout d'une heure, ils retournèrent à la billetterie. Les gardiens les y attendaient déjà. Ils n'avaient pas trouvé Valérie.

— *Vi muchas chicas rubias, pero no la chica de la photographía*[1], expliqua l'un d'eux.

L'accompagnatrice sortit son téléphone cellulaire de son sac à main. Elle composa le numéro de Pierre-Emmanuel et lui fit son rapport. Elle exigea que l'on prévienne la police.

— Bonne idée, Carmela. Nous allons également avertir les parents dès que nous serons à l'hôtel. Moi, je vais appeler le conseil scolaire.

Les gardiens hésitaient à alerter les autorités. Ils savaient que, dans une région touristique, la possibilité qu'une disparition ait lieu pouvait apeurer les visiteurs et réduire l'affluence… en fin de compte, il y aurait moins de retombées économiques pour la localité. Celui qui n'avait pas parlé appela le gérant. Un homme au ventre proéminent s'approcha. Mme Santos lui parla rapidement en espagnol. Son ton alarmé le convainquit d'envoyer ses employés faire une seconde tournée. Une autre demi-heure passa avant que les gardiens reviennent les mains vides à nouveau. Félix bouillait d'impatience. Il avait tenté de rappeler sa sœur maintes fois, mais toujours en vain.

— Vous savez… elle est peut-être allée se promener au village, le pueblo de Tulúm, à moins de deux kilomètres d'ici. Ou peut-être est-elle partie

---

1. J'ai vu plusieurs filles blondes, mais pas la fille de la photo.

   Disparue chez les Mayas

visiter des amis dans la Zona Hotelera, la zone hôtelière, suggéra le gérant.

— Franchement ça me surprendrait qu'elle s'y soit rendue de son plein gré, répliqua sèchement l'accompagnatrice.

Le gérant appela enfin la police et demanda, fermement mais poliment, à Mme Santos et à Félix d'aller attendre les nouvelles dans leur autocar.

— Ainsi, vous ne serez pas dans le chemin des enquêteurs, justifia-t-il.

— À cette heure, elle doit être rendue bien loin si on l'a enlevée ! lança Félix.

— Les policiers vont la retrouver. Il faut être patient, répondit Carmela en tentant de demeurer calme.

Debout à côté du véhicule, Carmela Santos s'entretint avec le directeur. Les deux adultes avaient tenté d'y faire monter Félix, mais il refusait. Ils comprenaient bien sa réticence et optèrent pour la transparence. Alors, ils lui permirent de demeurer à l'extérieur avec eux.

— Les jeunes… S'ils restent sur le site, ils voudront organiser une battue ou quelque chose du genre. Là, ça sera quasi impossible de les contrôler et de les surveiller.

— Étant donné que tu parles mieux la langue locale que moi, je propose que Jean-Paul et moi retournions à l'hôtel avec eux, dit Cadieux. Nous ferons les appels aux parents et aux services d'urgence.

— Marché conclu, j'espère qu'on va la retrouver bientôt ! Je vais offrir à Félix de rester avec moi, ça sera plus simple, car il ne voudra pas partir, j'en suis convaincue.

Le directeur annonça aux élèves qu'ils retournaient à l'hôtel plutôt que de passer le reste de la journée dans l'autocar immobile. Les amis des jumeaux protestèrent, sans succès. Lorsque les policiers se pointèrent, ils purent ériger un périmètre de sécurité et bloquer la sortie du stationnement. Ils se mirent à fouiller les véhicules qui s'y trouvaient. Ensuite, ils appelèrent du renfort.

*　　*
*

De retour à sa chambre, M. Antonin déposa ses affaires et extirpa de son sac à dos une grosse enveloppe de plastique dans laquelle il avait rangé les documents des élèves : feuille de permission des parents, renseignements d'urgence médicale, allergies, etc. Puis, il passa au placard et entra sa combinaison sur le clavier du coffre de sécurité qui y était caché. Un bruit mécanique se fit entendre pendant que la porte se déverrouillait. Dans une autre enveloppe se trouvaient les passeports des élèves, en ordre alphabétique. Il repéra celui de Valérie rapidement. Formulaires et documents en main, il composa le numéro du cellulaire de la mère de l'élève. La voix préenregistrée de la boîte vocale l'invita à laisser un message. L'enseignant raccrocha, puis il essaya le numéro de Charles Brunet. Une fois de plus, il n'obtint pas de réponse. Il passa au troisième numéro de téléphone sur la liste. Cette fois, on répondit au quatrième coup.

— Oui, allô ?

— Mme Ginette Brunet ?

— Oui, c'est moi.

– Bonjour, Mme Brunet, c'est Jean-Paul Antonin, de l'école l'Apogée.

– Oui, oui, je vous replace, vous êtes en voyage au Mexique avec les élèves… est-ce… est-ce qu'il y a un problème avec Félix et Valérie ? demanda-t-elle, l'inquiétude discernable dans la voix.

– Je… je… suis désolé de vous annoncer que… Valérie est portée disparue…

– …

– Mme Brunet ?

– …

– Mme Brunet ?

– Oui, oui, je suis là… Avez-vous appelé la police ? A-t-on demandé une rançon ?

La grand-mère continua de poser des questions auxquelles l'accompagnateur ne pouvait répondre. Il lui promit de la tenir au courant.

Pierre-Emmanuel réussit à joindre Faridha Allaoui, la surintendante de veille durant la semaine de relâche. Il lui décrivit la situation. Il énuméra tout ce que lui et les enseignants avaient fait comme suivi et ce qu'ils feraient ensuite. La gestionnaire lui rappela de ne divulguer que le strict minimum de détails, pour limiter la confusion et le risque de désinformation. Elle promit de communiquer immédiatement avec les instances gouvernementales ainsi qu'avec les avocats du conseil.

– Pierre-Emmanuel, surveillez les élèves de près et, surtout, faites tout ce que vous pouvez pour aider à retrouver Valérie Brunet.

– Oui, absolument Faridha.

*　　*

*

Félix et Mme Santos avaient parcouru le site tellement de fois qu'ils en avaient perdu le compte. L'adolescent montrait la photo de sa sœur à tous les visiteurs qu'il pouvait accrocher au passage. Personne ne semblait avoir vu Valérie. Depuis deux heures, les gardiens de la zone archéologique de Tulúm ainsi qu'une poignée de policiers tentaient de retrouver la touriste canadienne qui avait disparu. Un peu plus tard, les policiers réunirent tous ceux qui avaient participé à la recherche. Un homme de petite stature qui fumait un cigarillo semblait être le chef. Il posa des questions à ses subalternes et aux gardiens. Félix tentait de saisir ce que le policier disait, mais l'échange rapide en espagnol lui rendait la tâche quasi impossible. L'enseignante écoutait attentivement. Dès que le chef cessa de parler, elle traduisit brièvement la conversation afin que Félix comprenne ce qui venait d'être dit.

— Valérie n'est pas ici. Après toutes les recherches des dernières heures, nous aurions dû la trouver. Il semble persuadé que ta sœur est partie de son plein accord... ou qu'elle s'est fait enlever.

— Mais, Val ne partirait pas juste comme ça !

— C'est ce que je pense, moi aussi. Toutefois, le chef ne la connaît pas et selon son expérience, beaucoup de jeunes font des rencontres en voyage et disparaissent le temps d'une amourette de vacances ou de faire la fête.

— Mme Santos, est-ce que ça veut dire qu'ils vont arrêter les recherches pour la retrouver ?

— Écoute, le site va fermer sous peu. Nous allons retourner en ville. Une fois là-bas, nous allons communiquer avec les policiers de Cancún, le personnel de l'hôtel... Je vais appeler M. Antonin avant de partir, afin qu'il appelle les hôpitaux, les stations de bus, l'aéroport ainsi que les gares de Tulúm, Punta Venado et ailleurs.

— Les marinas aussi…, lui suggéra Félix.

— Oui, bonne idée. L'ambassade canadienne est à Mexico… Il y a peut-être un consulat plus près, nous allons vérifier dans nos papiers.

L'enseignante et l'ado se dirigèrent vers le stationnement. Ils demandèrent à quelques chauffeurs d'autocars s'il leur restait des places libres. À la quatrième tentative, on dénicha deux sièges dans un bus qui se rendait dans la zone hôtelière de Cancún. Moyennant quelques centaines de pesos, Mme Santos parvint à les réserver.

Avant de s'en aller, Félix appela sa grand-mère, car il savait ses parents à l'étranger. Il appuya sur la touche mains libres afin que Mme Santos puisse parler. Elle expliqua à la doyenne de la famille Brunet ce qui s'était passé.

— Oui, Mme Brunet, elle était avec ses amies. C'est uniquement en retournant à l'autocar pour quitter Tulúm que Jade et Geneviève ont réalisé qu'elle n'y était plus.

— Vous ne l'avez toujours pas trouvée ?

— Non, les gardiens du site et les policiers locaux ont passé le site au peigne fin, mais sans résultat. Mon collègue est en train d'appeler les terminus, les hôpitaux… Je ne suis pas certaine qu'il a pu parler aux Brunet. Ils sont en Haïti, n'est-ce pas ?

— Oui. J'ai parlé à M. Antonin il n'y a pas longtemps. Je vais téléphoner à mon fils de mon côté aussi, en espérant pouvoir le joindre.

L'échange dura encore quelques minutes. Mme Santos tentait de demeurer calme afin d'affoler le moins possible Félix et sa grand-mère. Elle comprenait l'inquiétude qui devait tenailler la vieille dame. « Quand on est loin, on se sent encore plus au dépourvu dans une telle situation », pensa-t-elle.

Le retour leur parut terriblement long, déjà que le trajet durait quelques heures. Le fait d'être assis sans agir leur donnait l'impression de perdre un temps précieux. Félix commença à se ronger les ongles. Il n'avait pas fait ça depuis qu'il était un gamin trop nerveux lors des évaluations à l'école. Avec le temps et de l'encouragement, il avait maîtrisé son anxiété, quoique ses résultats ne s'étaient pas améliorés. L'adolescent se sentait coupable. « J'aurais dû rester avec elle. J'avais promis à nos parents que j'allais la surveiller... la protéger », se dit-il en se blâmant lui-même.

*   *
*

Les jeunes de l'Apogée étaient réunis sur la grande terrasse. M. Cadieux ne les perdait pas de vue et ne les laissait pas bouger d'un millimètre. Bien que comprenant la gravité de la situation, ceux qui n'étaient pas amis avec la disparue trouvaient le temps terriblement long. Surtout qu'il faisait toujours très beau et chaud et qu'ils ne pouvaient pas aller s'amuser à la plage. Le trio d'inséparables s'échangeait les hypothèses.

— Je ne comprends pas comment elle a pu disparaître. Val était à la plage avec nous...

— Je le sais bien, Jade. Elle est même remontée avec nous, reprit Geneviève avant de prendre une grosse bouchée d'un gâteau à la noix de coco.

Lorsqu'elle était anxieuse, Gen trouvait du réconfort dans de multiples portions de dessert.

— Si elle avait glissé, quelqu'un l'aurait retrouvée soit dans le sentier, soit sur la plage, avança Jacob.

Les jeunes espéraient voir arriver Valérie saine et sauve à l'hôtel, avec son frère jumeau et leur enseignante. Jacob tenta de communiquer par texto avec Félix, mais ses SMS ne se rendaient pas. L'adolescent en conclut que son ami devait être dans une zone dépourvue de réseau.

*   *

*

M. Antonin était fort occupé au téléphone. Heureusement il se débrouillait assez bien en espagnol. Il répétait le même discours aux gares, aux hôpitaux, aux services municipaux, partout.

— *Se llama Valérie Brunet. Tiene 17 años. Es une chica linda, una rubia*[2], expliqua Jean-Paul à la réceptionniste de la station de bus la plus près de Tulúm.

— *Disculpa, no veo la muchacha de su descripción*[3].

L'enseignant avait décidé d'étendre sa recherche jusqu'à Cancún. Ainsi, il aurait la certitude d'avoir retourné toutes les pierres. Affligé par une migraine, il avala deux comprimés d'aspirine. Puis, il alla voir les élèves de la caravane et relayer temporairement Pierre-Emmanuel, qui les surveillait depuis l'arrivée à l'hôtel. L'accompagnateur trouva

---

2. Elle se nomme Valérie Brunet. Elle a 17 ans. C'est une jolie fille, une blonde.

3. Désolée, je n'ai pas vu la fille de votre description.

ses voyageurs au buffet. Malgré leur inquiétude, les jeunes avaient faim. Il prit le temps de faire le décompte. Les seuls qui manquaient à l'appel étaient les jumeaux Brunet. Satisfait, il décida de se servir une assiette. Pendant qu'il picorait son plat, Jade vint à sa rencontre.

— Avez-vous des nouvelles de Valérie, M. Antonin ?

— Non. J'ai appelé presque toutes les stations de bus, les marinas et les hôpitaux... Il me reste l'aéroport et les répartiteurs de taxis.

— C'est peu prometteur.

— Il ne faut pas perdre espoir, répliqua l'enseignant avant de déposer sa fourchette et de repousser son assiette presque pleine.

Jade retourna à la table où l'attendaient ses amis. Elle leur fit part de sa déception. Jacob eut alors une idée.

— On pourrait faire des affiches ! On pourrait écrire que Val a disparu, mettre sa photo et le numéro de téléphone de l'hôtel. Puis, on pourrait placarder toute la ville.

— C'est une superbe idée ! s'exclama Geneviève.

Une fois qu'ils eurent englouti leur repas, du moins pour Jacob qui avait toujours faim, les trois amis s'apprêtèrent à sortir de la salle à manger. Le directeur, qui revenait dans la pièce, les accosta. Rapidement Gen lui expliqua leur plan. Il accepta de les accompagner et les avisa qu'il sortirait avec eux pour apposer les affiches un peu partout en ville. Avant de partir du restaurant, il fit signe à son collègue que ces trois élèves seraient avec lui. Puis, les jeunes allèrent se renseigner auprès du concierge. Il y avait normalement des frais pour imprimer des affiches, toutefois, vu la situation, il

   Disparue chez les Mayas

leur donnerait un accès illimité et il leur trouverait du papier de couleur. Les jeunes le remercièrent et se mirent à la tâche. Ils eurent le temps d'imprimer une centaine d'affichettes avant de voir venir Félix et Mme Santos, par la grande baie vitrée qui séparait la salle du lobby. Les jeunes les assaillirent afin d'avoir des réponses. Une fois de plus, il n'y avait rien de nouveau.

Carmela trouva son collègue dans la salle à manger où l'on servait le buffet. En quelques minutes, ils firent le tour de la situation. Depuis de nombreuses années, les deux organisaient des voyages sans anicroches à l'étranger. Des élèves qui viraient une brosse ou qui se cassaient un bras, ça arrivait et ça se réglait rapidement, mais disparaître, ça c'était autre chose ! À quelques tables d'eux, Félix tentait de manger, mais les bouchées ne semblaient pas vouloir descendre, peu importe combien de fois il mastiquait sa nourriture. Arnaud s'approcha, mais rebroussa chemin. En désespoir de cause, Félix fit un autre appel à sa grand-mère. Elle venait de se procurer un billet d'avion pour un vol qui partirait le lendemain.

— Je vais te rejoindre à ton hôtel dès que je serai au Mexique. J'ai essayé de parler à tes parents, mais ils étaient sans doute dans le bloc opératoire. Donc, j'ai laissé un message à l'opérateur radio de MSF.

— OK, je m'en vais au poste de police de Cancún avec Mme Santos dans quelques minutes. Mes amis ont préparé des affiches. Ils vont les coller partout. Il faut la retrouver…, parvint-il à dire, avant de fondre en larmes.

Le gaillard marchait à l'adrénaline depuis la disparition de sa sœur. Maintenant qu'il avait un peu de recul, il prenait conscience de la gravité de la situation. Il avait vu assez de films pour savoir que, dans des cas d'enlèvement ou de disparition, chaque heure était cruciale. Il se rappela l'attitude des policiers qui semblaient croire que sa sœur était sans doute partie de son plein gré. L'ado n'arrivait pas à croire cette hypothèse.

Le cœur de Mme Santos se fendit en voyant le jeune homme essuyer ses larmes sur la manche de son t-shirt. Elle pensa lui demander de rester à l'hôtel, mais elle se reprit, déduisant qu'il se sentirait plus utile s'il l'accompagnait. Deux minutes plus tard, un taxi fut hélé et ils prirent la direction du poste de police.

*　*
*

Depuis mon réveil dans la camionnette, je tente de m'orienter. C'est vraiment plus facile à dire qu'à faire étant donné que je me trouve bâillonnée avec un bandana qui pue et que mes mains sont liées derrière mon dos. De plus, la boîte de la camionnette dans laquelle on m'a jetée est couverte d'une bâche de canevas épais. Au fil du temps, je réalise que le chauffeur doit conduire assez rapidement. Le vent fait battre l'arrière de la toile mal attachée. De plus, lorsque le conducteur effectue un virage, je glisse d'un bord à l'autre de la boîte. Ayant vu de nombreux films d'action, je songe à mettre la main sur mon sac afin de me libérer grâce à ma lime à ongles. Toutefois, après quelques tentatives pour localiser mon sac à main, je m'aperçois qu'on me l'a enlevé. Merde! Pas de lime, pas de téléphone... rien.

J'ai la nette impression que je serai couverte d'ecchymoses lorsque nous arriverons à destination. L'idée d'arrêter me soulage un peu, mais l'inconnu m'effraie, autant le ravisseur que l'endroit. Pourquoi m'a-t-on enlevée? Que fera-t-on de moi?

CHAPITRE 9

L'inspecteur Ramirez

Félix regardait sans rien voir. Les palmiers, les lumières des commerces et les voitures n'existaient pas à ses yeux. Avec Mme Santos, il descendit du taxi au poste de police de Cancún. Ils entrèrent dans l'édifice de stuc où une vague d'air climatisé les accueillit. Ils se mirent en file devant le bureau de la réceptionniste. Impatient, l'adolescent vérifiait constamment l'heure sur la grosse horloge suspendue derrière la préposée. Les aiguilles avançaient, mais la file ne suivait pas la cadence. Une dizaine de Mexicains et de touristes venus rapporter des délits les précédaient. Félix entendait des bribes de conversation entre les plaignants et la dame corpulente, qui gardait un air grave en tout temps. Elle hochait fréquemment la tête afin d'indiquer qu'elle suivait l'entretien, tout en remplissant un formulaire sans jamais le regarder. Félix en déduisit qu'elle devait en remplir des centaines par semaine et qu'elle avait mémorisé quel renseignement devait être écrit à quel endroit.

Un couple âgé était en train d'expliquer qu'on avait volé leur appareil photo pendant qu'ils étaient à la plage. Le jeune Brunet souhaita leur crier d'aller en acheter un autre pour quelques centaines de dollars. La police n'enquêterait pas sur une perte si infime et des gens attendaient derrière, avec de plus gros problèmes ! L'ado se retint. Créer une scène ne l'aiderait pas. On l'escorterait sans doute vers la sortie.

*   *

*

Ginette Brunet plaça son passeport et sa fiche de confirmation de vol dans son sac à main. Elle avait sorti une valise de la salle de débarras au sous-sol et l'avait montée dans sa chambre. Sans trop réfléchir, elle y mit quelques vêtements et des sandales. Puis, elle alla à la salle de bain où elle s'affaira à remplir une petite trousse de voyage. Il ne lui restait qu'à attendre que le matin vienne afin de se rendre à l'aéroport d'Ottawa. La grand-mère aurait préféré partir le soir même, toutefois, il n'y avait pas de vol pour Cancún. Ginette savait bien qu'elle ne parviendrait pas à dormir. Sa petite-fille avait disparu en pays étranger. Alors, tablette en main, Mme Brunet se consacra à l'étude d'une carte de Tulúm.

*   *

*

Dans l'hôpital Nap Kenbe, cette structure assemblée de toutes pièces avec des conteneurs blancs, dans le quartier Tabarre de Port-au-Prince, les docteurs Charles et Nancy Brunet sortirent presque en même temps d'un des quatre blocs opératoires. Crevés, ils venaient d'effectuer des interventions orthopédiques à deux victimes de blessures par balle. Le couple se rencontra dans le couloir, où chacun s'informa rapidement du travail de l'autre. En se dirigeant vers le vestiaire pour y récupérer leurs vestes sans manches les identifiant comme médecins bénévoles de MSF, les deux chirurgiens discutèrent de leurs projets pour le dimanche, leur journée de congé.

— J'aimerais bien aller faire un tour à la plage, suggéra Nancy.

— Absolument, mais je t'avertis tout de suite, je n'active pas le réveille-matin. On se lèvera quand on se lèvera.

— On est sur la même longueur d'onde, chéri. Les journées de 12 heures et les opérations consécutives sont exigeantes... mais tu sais quoi, je m'embarquerais pour un autre mandat de six semaines n'importe quand !

— Moi aussi, c'est tellement valorisant. Sans l'aide de MSF, des milliers de patients n'auraient pas accès aux soins requis et connaîtraient un sort tragique, dit-il, sans préciser davantage.

Pendant que Nancy enfilait sa veste blanche par-dessus son t-shirt de l'organisme, la tenue habituelle à l'intérieur de l'hôpital, la radio de Charles crépita, puis on entendit : « Dr Brunet, veuillez communiquer avec Ginette Brunet, c'est urgent. » Le couple se dévisagea. Qu'est-ce qui pouvait bien se passer ? Charles fit quelques pas et décrocha le téléphone vissé au mur. Il composa le numéro qu'il connaissait par cœur. Malgré l'heure tardive, Ginette répondit au premier coup.

— Allô ?

– Maman ? Qu'est-ce qui se passe ? On a reçu ton message radio. Nancy et moi étions chacun dans un des blocs opératoires.

– C'est Valérie. Il lui est arrivé quelque chose.

– Qu'est-ce que tu veux dire ? Parle !

– J'ai d'abord reçu un appel de M. Antonin. Puis, Félix et Mme Santos m'ont téléphoné eux aussi. Elle est disparue...

– Disparue ! Quoi ? Comment ?

– Je n'ai pas eu beaucoup de renseignements. Je m'envole tôt demain matin pour le Mexique.

Ginette ressentit le chagrin et l'inquiétude de son fils. Elle entendit sa bru qui posait des questions à ses côtés.

– Écoute, maman, fais tout ce qu'il faut pour la retrouver. Si... Si l'on demande une rançon, dis oui, peu importe le montant, on trouvera une façon...

– Je le sais. La police locale a lancé des recherches, les accompagnateurs se préparaient à contacter les hôpitaux, les terminus, les gares. Félix s'en allait au poste de police de Cancún... On va finir par la trouver.

La mère et le fils parlèrent encore quelques secondes. Avant de raccrocher, Charles promit de se rendre à la station balnéaire mexicaine le plus rapidement possible. Malheureusement, il savait que le périple serait long. Peu d'Haïtiens partaient en voyage dans les Caraïbes et donc, de deux à quatre escales seraient requises pour se rendre à Cancún.

* *

*

  Disparue chez les Mayas

Il ne restait qu'une seule personne devant Félix et Mme Santos. Cette fois, un jeune homme vêtu d'un complet de lin venait déclarer qu'on avait percuté sa décapotable dans un stationnement et quitté les lieux. Au bout de trois minutes, la réceptionniste lui remit une copie du formulaire qu'elle remplissait et lui demanda de passer au bureau 11B, deux portes plus loin.

Enfin, l'ado et l'enseignante avancèrent. Toutefois, *Sra* Cruz, comme l'indiquait l'écusson sur sa blouse, leur demanda de patienter un instant. Félix se rappela que c'était l'abréviation de *Señora*. Puis, la dame leva son imposante carcasse de sa chaise et se rendit dans la salle 11A. Félix devint agité et Mme Santos lui suggéra de prendre quelques grandes respirations.

— Regarde, Félix, je comprends qu'on attend depuis un bon moment, mais la dame travaille depuis encore plus longtemps. Elle a droit à une petite pause pour se dégourdir les jambes ou aller aux toilettes.

— Je le sais. Mais les autres avaient tous des problèmes moins graves que le nôtre. Chaque minute qu'on perd à attendre fait que ça sera plus difficile de retrouver ma sœur !

— On ne peut pas faire plus, malheureusement.

Sra Cruz revint à son poste. Elle déposa une bouteille de Fanta à moitié vide sur son bureau, prit son stylo et un nouveau formulaire de déclaration, puis elle demanda comment elle pouvait les aider. Mme Santos prit les devants pour expliquer que, lors de leur excursion scolaire à Tulúm, l'élève Valérie Brunet avait disparu. La réceptionniste leur fit signe d'attendre un instant, elle décrocha le combiné et composa le numéro d'un poste. Elle échangea quelques mots et, tout en raccrochant, elle invita la femme et le jeune homme à se rendre au bureau 14C, au bout du couloir, à droite.

Avant même qu'ils aient à cogner à la porte, un homme grand, au crâne dégarni, leur ouvrit.

– *Buenas tardes. Soy el inspector Luis Ramirez*[4], dit-il en tendant la main à Mme Santos, puis au jeune homme.

Félix et Carmela prirent place sur les chaises de bois destinées aux visiteurs. L'enseignante raconta de nouveau la tragédie qui avait bouleversé leur journée. Lorsqu'elle eut terminé, l'inspecteur prit la parole.

– Je comprends que vous soyez très inquiets. Cependant, je ne peux pas vraiment vous aider. La disparition a eu lieu hors de mon district. Mes collègues de Tulúm ont déjà été contactés, n'est-ce pas ?

– Oui, mais ça n'a rien donné, répondit l'enseignante. Elle a été enlevée, j'en suis convaincue.

– Écoutez, ça ne fait pas 24 heures qu'elle est disparue. Je sais que ce n'est pas ce que vous voulez entendre, mais c'est la réalité. Pour le moment, on n'écartera pas la possibilité d'un enlèvement. Toutefois, ça prendra des preuves... De plus, vous devez comprendre qu'il y a des limites de compétence à respecter...

– Inspecteur Ramirez ! Pratiquement personne n'habite près de la zone archéologique. Logiquement, les ravisseurs vont se diriger vers la ville. Nous sommes des touristes canadiens. Vous avez accès à bien plus de ressources que vos collègues au milieu de nulle part !

---

4. Bonsoir ! Je suis l'inspecteur Luis Ramirez.

Félix ne comprenait pas ce qui se passait, mais le ton de l'échange en espagnol ne cessait de monter et ça, il le comprenait. Quand son enseignante, généralement d'une sérénité exemplaire, perdait son sang-froid, c'était que ça n'allait vraiment pas!

– Vous avez raison. Cependant, plus la population est élevée, plus le taux de criminalité augmente. Il y a deux choses que je peux faire. D'une part, je vais alerter nos patrouilleurs et faire circuler une photo de la jeune fille, si vous m'en donnez une. D'autre part, je vais vérifier dans le système informatique afin de consulter le rapport de mes homologues de Tulúm. Comment épelle-t-on le nom de votre élève, Mme Santos?

Résignée, Carmela épela le nom de Valérie Brunet. Elle demanda à Félix d'envoyer une photo de sa sœur à l'inspecteur. L'ado copia attentivement l'adresse courriel imprimée sur la carte de visite. Le policier leur promit de communiquer avec eux par téléphone s'il avait des nouvelles. Mme Santos remercia le policier et fit signe à Félix de la suivre. Dans le taxi en direction de l'hôtel Los Sueños, elle résuma sa discussion avec Ramirez. Le jumeau fut atterré par le manque de collaboration des autorités.

Seul dans son bureau, l'inspecteur Luis Ramirez se prit la tête entre les mains et fixa le clavier de son ordinateur. Il détestait devoir utiliser les formules toutes faites pour expliquer qu'il ne pouvait entreprendre dans l'immédiat des recherches de personne disparue. L'homme pensa aux statistiques que l'on présentait souvent dans les médias. Une dizaine de femmes disparaissaient au Mexique à chaque jour! Autant des citoyennes que des touristes. Il avait participé maintes fois aux recherches. Il avait retrouvé vivantes quelques-unes de ces proies. Cependant, bon nombre d'entre elles gardaient des séquelles des sévices ou des tâches humiliantes et dangereuses qu'on les avait forcées à effectuer. Faisant fi des niveaux de compétence, il composa le numéro des services d'urgence de Tulúm, qui hébergeaient à la fois la *policía* et *los bomberos*, ses homologues et les pompiers. Après une courte attente, la voix grave d'un homme se fit entendre.

— Jiménez. *¿En que te puedo ayudar*[5] ?

— Salut Manuel, c'est Ramirez, à Cancún. Je viens d'avoir la visite de touristes au sujet d'une jeune fille disparue aux ruines…

— Oui, on a fouillé tout le site, le village et la zone hôtelière, mais sans résultat, lui apprit l'inspecteur Manuel Jiménez. Ce n'est pas la première fois que ça arrive, mais ici d'habitude, on a surtout affaire à des *pickpockets* et à des bagarres d'ivrognes.

Les deux représentants de la loi convinrent de se tenir au courant du déroulement de leurs enquêtes respectives. En attendant, Luis Ramirez se donna du temps pour réfléchir aux prochaines étapes. « Bon, il y a quelques crapules que je connais qui mériteraient une visite… ainsi qu'un séjour en prison, malgré que rien ne leur colle dessus, des criminels en téflon, quoi ! Je pourrais les presser un peu… Il y a aussi les prostituées qui pourraient me dire si elles ont une nouvelle recrue… », pensa-t-il, en tapant nerveusement du pied gauche, un tic qu'il avait acquis au fil des ans quand aucune solution ne semblait évidente.

---

5. En quoi puis-je vous aider ?

 Disparue chez les Mayas

* *
*

Malgré l'heure tardive, Jean-Paul Antonin, Pierre-Emmanuel Cadieux et le groupe de jeunes attendaient dans le hall d'entrée de l'hôtel. Champion national de sudoku, l'enseignant réussissait à demeurer calme en complétant son casse-tête. Quant au directeur, il faisait les cent pas en parlant à un représentant de la compagnie aérienne, le cellulaire coincé entre son oreille et son épaule droite. Les mains ainsi libres, il gesticulait exagérément.

— Que voulez-vous dire : il faudra débourser ce montant-là pour revenir au Canada plus tôt ? C'est bien trop cher ! Ne pouvez-vous pas nous aider ? C'est une question de sécurité !

Dès que les membres du groupe virent Félix et leur professeur d'espagnol arriver du poste de police, ils se levèrent en bloc de leurs fauteuils de rotin. L'air dévasté de Félix et de Carmela leur indiqua immédiatement que ça augurait mal.

— M. Cadieux va placer nos affiches partout dans les restaurants, les boutiques, les arrêts de bus et les hôtels, annonça Jade, en voulant apaiser son ami.

— Toute la gang a aussi changé son statut dans les réseaux sociaux, pour plus de visibilité. Nous avons mis une photo de Val ainsi que le lieu et l'heure de sa disparition, dit Jacob.

— Merci… parvint à répondre Félix.

— C'est une très bonne initiative, ajouta Mme Santos.

— Je gage que c'est juste ça qu'elle veut : plus d'attention ! déclara Arnaud, plus fort qu'il ne l'avait voulu.

— Quoi ? Répète ça, mon écœurant ! lança Félix, enragé, en s'approchant de l'ancien copain de sa jumelle.

— Les gars, un peu de retenue ! ordonna M. Cadieux.

— Tu sais bien que ta sœur, la princesse parfaite, veut juste ça, de l'attention ; pis, quand elle en reçoit, elle fait comme si elle n'en voulait plus...

— Qu'est-ce que tu lui as fait ? demanda le jumeau en poussant sur la poitrine d'Arnaud avec la paume de ses mains.

— Rien, mais tasse-toi de ma face ou je vais te faire de quoi !

— Félix ! Arnaud ! Ça suffit !

Avant que M. Antonin puisse se placer entre les deux, Félix avait sauté sur son adversaire. Sous l'impact, les deux adolescents se retrouvèrent au sol. Ils se rouaient de coups. Deux chasseurs se jetèrent dans la mêlée afin de les séparer. Le gérant de l'hôtel arriva en trombe et exigea que tout le monde retourne à sa chambre, à l'exception des accompagnateurs et des deux combattants.

Dans le bureau de *señor* Solis, les deux jeunes s'assirent le plus loin l'un de l'autre que la petite pièce le permettait. Ils furent réprimandés pour leur comportement qui n'avait pas sa place dans un hôtel de cette classe. Selon les règlements de l'hôtel, on expulsait les clients violents. Étant donné le stress vécu par le groupe, Jean-Paul parvint à convaincre l'administrateur de passer l'éponge. L'homme se montra indulgent, tout en prévenant Cadieux, Santos et Antonin qu'un seul autre écart de conduite d'un élève le forcerait à mettre tout le monde à la porte, sans remboursement. Les enseignants et le directeur acquiescèrent, puis ils emmenèrent les deux fautifs.

– Bon, nous allons trouver une trousse de premiers soins et de la glace pour soigner vos blessures et ensuite, vous allez vous coucher. S'il y a le moindre incident entre vous deux, toute la bande sera expulsée. Est-ce que c'est clair ?

– Oui, M. Antonin, répondirent simultanément Félix et Arnaud.

Après avoir escorté les bagarreurs à leurs chambres, Pierre-Emmanuel prit ses collègues à part et leur annonça qu'il avait appelé au consulat canadien. On lui avait dit que, normalement, il revenait aux parents d'un mineur ou à ses tuteurs de déclarer sa disparition.

– Donc, dès que Mme Brunet arrivera, nous la dirigerons vers les services consulaires, proposa le directeur.

*　　*
*

Après un certain temps, le chauffeur immobilise la camionnette. Je l'entends parler avec un autre homme. Je suis toujours dans les vapes du chloroforme et ils parlent rapidement. Ça ne m'aide pas à comprendre leur espagnol. Puis, je n'entends plus rien. Je suis réaliste ; ils ne vont pas m'oublier ici, ce serait inconcevable. Ces brutes doivent être en train de planifier une série de sévices qu'ils vont me faire subir. Mon imagination prend le dessus et j'envisage les pires scénarios.

La chaleur suffocante sous la bâche commence à me monter à la tête. En roulant, il y avait au moins une brise qui me rafraîchissait. Maintenant, rien. Je me réjouis un peu de toujours sentir les chauds rayons du soleil. Il n'est donc pas très tard dans la journée ; alors, nous ne devons pas être très loin de Tulúm. Évidemment, c'est une bonne nouvelle. On me trouvera plus rapidement.

Plus la journée avance, plus j'ai l'impression que je vais mourir cuite dans la boîte d'une camionnette. De toutes les façons de trépasser, je n'ai jamais pensé à celle-là auparavant. Enfin, j'entends des voix à nouveau, plus proches. D'un coup sec, mes ravisseurs retirent la toile. On me demande de me fermer les yeux, j'ai toutefois le temps d'apercevoir deux bonshommes dissimulés sous des casquettes de baseball pâlies par le soleil et derrière des bandanas qui les cachent du nez au menton. Ils avaient bien planifié leur coup !

Les yeux fermés, j'attends. Puis, je sens des mains qui agrippent mes chevilles et qui me tirent vers l'extérieur. D'autres mains passent sous mes aisselles. On me transporte ainsi, tel un sac de patates. Une idée me vient, je me mets à gigoter. Je n'arrive pas à faire grand-chose du haut du corps puisque mes poignets sont liés derrière mon dos. Toutefois, mes jambes sont libres et je parviens à assener un coup... ou deux ! J'entends un cri, on me laisse tomber brusquement sur le sol. En une fraction de seconde, les yeux grands ouverts, je tente de me relever et de prendre mes jambes à mon cou.

Dans mon excitation d'être quasiment libérée, j'oublie qu'on me tient toujours le torse. Je ne parviens pas à avancer. Deux bras forts me retiennent rudement au sol.

CHAPITRE 10

Des heures d'insomnie

Le téléphone de Ginette Brunet ne dérougissait pas. Entre les appels de Félix, ceux du directeur de l'Apogée et ceux des parents d'autres jeunes voyageurs qui la connaissaient, une sonnerie n'attendait pas l'autre. Entre ces coups de fil qui ne lui apprenaient rien d'encourageant, elle avait laissé d'innombrables messages aux forces de l'ordre et à des fonctionnaires susceptibles de l'aider. Elle souhaitait de tout cœur recevoir des nouvelles du Centre de surveillance et d'intervention d'urgence du Canada ainsi que de la Croix-Rouge, qui offraient des moyens pour trouver les personnes disparues. Quand le flot d'appels ralentit, elle dressa un portrait détaillé de sa petite-fille et trouva deux photos récentes, une où l'on voyait un gros plan de son visage et une autre qui la montrait de la tête aux pieds. Ainsi, elle serait prête à collaborer avec les instances officielles dès que possible.

La grand-mère ne fut nullement surprise de ne pas pouvoir s'endormir. Plutôt que demeurer couchée à scruter le plafond de sa chambre, elle préféra s'activer. Elle troqua son pyjama contre

sa tenue d'entraînement et descendit au sous-sol.
Elle appuya sur l'interrupteur et baigna l'imposante salle d'exercice de lumière. Puis, elle alluma la chaîne stéréo et un torrent de musique rythmée sortit des haut-parleurs. Ginette trouvait qu'écouter AC/DC ou Metallica à plein régime l'aidait à évacuer la tension. La grand-mère enfila des gants de *kickboxing*, puis elle s'approcha du *punching bag*. Elle assena un solide coup de poing sur la cible, puis une série d'*uppercuts* de la droite et de la gauche. La musique *heavy metal* ne faisait que l'encourager à frapper davantage.

— Tiens, mon maudit ! Ça c'est pour avoir enlevé Valérie, cria-t-elle en donnant un coup de genou. Prends-ça mon écœurant, pour t'en être pris à une jeune fille, vociféra-t-elle en percutant le sac d'un coup de pied.

*

Dans la chaleur humide et parfois suffocante de Port-au-Prince, Charles et Nancy vivaient une nuit infernale. La mère avait tenté d'acheter des billets d'avion sur Internet, mais la connexion flanchait constamment. Frustrée, elle abandonna, se disant qu'il serait plus simple de réserver de l'aéroport. Ils ne voulaient pas non plus contacter leur fils en pleine nuit, il devait être assez énervé comme ça. Malgré qu'ils étaient en ville et entourés de gens, les Brunet se sentaient isolés. Mode de communication privilégié, la radio était excellente pour la transmission locale, mais peu pratique pour tout ce qui se passait hors d'Haïti. Le couple de chirurgiens avait signalé au chef de mission qu'il souhaitait quitter l'hôpital Nap Kenbe au lever du jour. Les médecins comprenaient bien qu'un avis si bref mettrait l'organisation dans le pétrin et que leur départ signifierait que les quarts de travail de leurs collègues augmenteraient beaucoup. Le couple avait songé à laisser l'un d'eux sur place, mais aucun des deux parents ne voulait rester, sans possibilité de faire quelque chose pour sa fille. Dans les circonstances, on avait compris leur sentiment d'urgence. Nombre d'expatriés avaient eux aussi des enfants. Les Belges, responsables de l'hôpital situé à Tabarre, leur avaient souhaité bonne chance et avaient tenté d'alléger leur conscience en leur rappelant que le personnel de près de 500 bénévoles n'en était pas à ses premières armes sur le terrain.

Pendant la nuit, les parents de Valérie plièrent bagage. Charles fit appel à un des six collègues qui demeuraient dans la même résidence pour les conduire à l'aéroport. Chirurgien torontois à la retraite, il leur rendit ce service, bien qu'épuisé après 12 heures d'affilée à faire des interventions chirurgicales et malgré la perspective d'en avoir autant le lendemain. Tous trois se rendirent à l'aéroport en Jeep. Une fois sur place, les Brunet avaient l'intention d'obtenir deux billets pour Cancún, avec le moins d'escales possible. Installée à l'arrière du véhicule, Nancy trouvait le trajet inconfortable et l'attente insupportable. Elle regrettait d'avoir autorisé ses enfants à participer à ce voyage scolaire.

*　　*

*

À Cancún, la nuit fut très mouvementée, tant pour les voyageurs de l'Apogée que pour l'inspecteur de police.

L'hôtel où logeait le groupe de jeunes portait bien son nom de Los Sueños. En effet, Félix rêvait... mais pas de victoire sportive ou de jolies filles à la plage. Bien au contraire. Sujet à d'abominables songes, l'adolescent voyait sa sœur se faire maltraiter, se noyer, mourir... Au troisième cauchemar, il se réveilla en sursaut. Couvert de sueur, il jeta un coup d'oeil au lit à ses côtés, en espérant que la disparition de la journée n'ait été que le fruit de son imagination. La place vide à l'autre bout de la chambre fut un dur rappel que sa jumelle avait bel et bien disparu. Déprimé, Félix se leva, passa au frigo prendre une bouteille d'eau et la cala en silence, donnant ainsi le temps à son cœur de reprendre un rythme régulier. L'adolescent fit les cent pas. Puis, il s'étendit à nouveau sur son matelas et il tenta de demeurer éveillé, refusant le sommeil qui le gagnait, car il ne voulait pas envisager d'autres scénarios macabres dont sa sœur ne sortait pas indemne. Malheureusement, ses efforts ne furent pas récompensés. Félix s'endormit et se réveilla affreusement angoissé, victime une fois de plus d'un cauchemar.

Au bout du couloir, Mme Santos avait avalé quelques comprimés. Elle avait tenté de demeurer forte devant Félix, mais quand elle fut seule dans sa chambre, le stress, la peur et l'impuissance l'emportaient. Après qu'elle, son collègue et son patron eurent passé des heures au téléphone avec les parents alarmés des autres élèves, l'enseignante ne réussit à dormir que grâce aux somnifères, sachant que ce placébo ne faisait que retarder l'angoisse qui la déchirerait au lever du soleil.

Un peu plus loin dans l'hôtel, Jade et Geneviève veillaient elles aussi. Les deux adolescentes s'inquiétaient énormément pour leur amie. Elles avaient tenté de la joindre au téléphone ou sur Internet, en se disant que si elle avait fugué, ce dont elles doutaient, Val tenterait peut-être de communiquer avec elles.

— Peut-être qu'elle a rencontré un gars…, suggéra Gen.

— Pis qu'elle est partie avec, juste comme ça ? Voyons ce n'est pas son genre.

— Ben, elle peut avoir jasé avec, puis il l'a kidnappée !

— Il me semble qu'on l'aurait vue flirter. On a passé presque toute la journée avec elle.

— T'as raison Jade, c'est juste… c'est juste que je tente de trouver une raison !

Gen fondit en larmes. Jade la rejoignit dans le lit voisin et lui plaça un bras autour des épaules. Elle tenta de la calmer en lui disant qu'on finirait bien par trouver leur amie. Elle proposa d'imprimer d'autres affiches ou de se mettre à appeler les médias.

Entre-temps, Arnaud avait rempli à quelques reprises un sachet de glaçons qu'il plaçait sur son œil au beurre noir. L'adolescent avait eu une nuit agitée. Bien qu'il ait rompu avec Valérie et même s'il n'avait pas toujours été gentil avec elle, il l'aimait. « Je l'aime ? » réalisa-t-il, surpris.

*   *
*

Avant de rentrer à la maison pour la nuit, l'inspecteur Ramirez passa visiter le coin des racoleuses. Il reconnaissait les visages enlaidis par le manque de sommeil, les baffes des proxénètes et des clients ainsi que les ravages de la drogue et de l'alcool. Les épaisses couches de maquillage ne pouvaient cacher les marques de la dure vie des prostituées. Certaines de ces femmes avaient survécu à des décennies sur le trottoir, tandis que d'autres arrivaient un jour et disparaissaient le lendemain. Le policier eut un pincement au cœur. Lutter contre le crime organisé n'était pas de tout repos, surtout dans un pays où les salaires des représentants de la loi étaient si bas que, souvent, on fermait les yeux, on acceptait des pots-de-vin ou, pour survivre, on se prêtait au gangstérisme. Un bon nombre de ses collègues avaient emprunté de telles voies. Ramirez s'acharnait à demeurer honnête et à vivre modestement. Il s'était attiré les menaces et le courroux des siens à maintes reprises.

En le voyant approcher, plusieurs jeunes femmes déguerpirent. Quelques clients rebroussèrent chemin pendant que deux hommes l'épiaient, dans une grosse Chrysler 300 aux vitres teintées. Sur le trottoir, il ne resta que le flic et deux professionnelles qui avaient pignon sur rue depuis près de 20 ans. Ces dernières avaient survécu et ce n'était pas un petit policier qui les effraierait.

— *Buenas noches, papacito*[6]! lança une femme aux cheveux blond platine.

— Bonsoir Joséphina, comment ça va ?

— Oh... tu le sais, comme ci, comme ça.

---

6. Bonne nuit, bel homme !

   Disparue chez les Mayas

— Comment est-ce qu'on peut t'aider ? demanda une seconde femme qui avait de longues tresses noires. Un peu de compagnie peut-être…

— Merci Estella, je vais passer, je suis là pour le boulot.

— Ah, tu travailles trop, c'est bien de s'amuser des fois, répliqua-t-elle en faisant la moue.

Le policier sourit. Il savait qu'il devait feindre de prendre part au jeu de séduction s'il souhaitait obtenir quelques renseignements. Alors, il lui fit un compliment, la fit rougir un peu. Puis, il put poser la question qu'il avait sur le bout de la langue depuis qu'il était parti de son bureau. Il leur montra la photo de Valérie Brunet que Félix lui avait envoyée par courriel.

— Je suis à la recherche d'une recrue, l'avez-vous vue ?

— Tout le monde veut le modèle dernier cri, je le répète toujours, l'expérience, ça ne s'achète pas ! tempêta Estella.

— Désolée, mon beau, mais il n'y a pas de nouveauté ce soir. Peut-être plus tard… Tu sais que les livraisons ne sont pas toujours à l'heure, expliqua Joséphina.

— Alors, vous me ferez signe, j'espère.

— Repasse nous voir quand tu veux, mais pas trop souvent, c'est mauvais pour les affaires, lança Estella.

L'entretien était terminé. Luis retourna à sa voiture. Il n'eut à s'éloigner que de quelques mètres pour que le trottoir s'anime comme avant son arrivée. Rien n'arrêtait la plus vieille profession du monde.

* *

*

Voilà, on me fait entrer dans une petite pièce. Mes ravisseurs me tendent un burrito froid et une bouteille d'eau. N'ayant rien mangé depuis d'innombrables heures, je dévore la pitance qu'on m'offre. Puis, ils me mènent à la seconde porte de la pièce, derrière laquelle se trouve une minuscule toilette d'une propreté douteuse. Heureusement, les deux hommes masqués me permettent de m'en servir sans me regarder. Ensuite, ils me tirent vers le lit qui dégage des odeurs de moisissure et de sueur. Là, ils m'attachent à la tête du lit avec de la corde de nylon jaune. Maintenant que je me trouve seule, j'observe la chambre. Il n'y a pas d'autres meubles. Une fenêtre barricadée est visible à ma gauche. Voici ma cellule.

CHAPITRE 11

Les semelles s'usent

Les adultes accompagnateurs de l'Apogée sirotaient du café, debout dans le couloir sur lequel donnaient les chambres des élèves. Ils marchaient lentement, prenaient une gorgée et réfléchissaient à voix haute.

— L'option de retourner au Canada n'est pas valide. Non seulement le coût est très élevé, mais nous allons nous attirer les foudres des jeunes et de certains parents si l'on écourte le voyage.

— C'est vrai, Carmela. Surtout, qu'il n'y a aucun signe de danger pour les autres élèves. Alors, Pierre-Emmanuel, qu'est-ce que l'on fait avec le restant du groupe ?

— Moi aussi, Jean-Paul, j'ai parlé à de nombreux parents, surtout ceux qui ont de l'influence. Ils croient que l'enlèvement est un cas isolé et ils souhaitent que leurs enfants poursuivent l'itinéraire.

— Alors, qu'est-ce qu'on fait ? répéta Jean-Paul.

— Ça, c'est le genre de décision en zone grise que je n'aime pas prendre, avoua le directeur, en se massant la tempe gauche, la main droite tenant sa tasse fumante. Bon, l'enquête est hors de notre contrôle, entre les mains des policiers. Tout ce que nous pouvons faire, c'est répondre à leurs questions s'ils en ont et veiller à ne pas leur nuire. Notre devoir est de garder les élèves en sécurité. Alors, ici ou dans les visites planifiées, c'est la même chose. Je propose que l'on suive rigoureusement l'itinéraire, sans extra. Nous resterons en groupe sur tous les sites, pour visiter, aller aux toilettes ou quoi que ce soit. Si nous devons nous séparer, il y aura toujours un adulte avec les jeunes, où qu'ils aillent. Ça va ?

– Oui, répondirent en chœur les enseignants, sans enthousiasme.

– C'est vrai que ça sera plus facile de surveiller les jeunes si nous les gardons occupés, ajouta Jean-Paul.

Tôt le matin, Félix se leva. Sa nuit sans repos l'avait magané. Alors, l'ado sentit qu'il devait bouger. Il enfila son maillot de bain. En sortant de sa chambre, il rencontra ses enseignants et le directeur. Il leur expliqua qu'il souhaitait aller courir sur la plage. M. Cadieux l'accompagna. Ils trouvèrent la plage déserte. Le lever du soleil colorait le ciel d'une teinte orangée. Félix effectua quelques sprints, arrêtant pour respirer lorsqu'il franchissait 100 mètres. Puis, il repartait de plus belle. Enfin, crevé, il revint sur ses pas en joggant lentement. Il salua Pierre-Emmanuel, assis sur une chaise longue, qui l'avait surveillé d'un œil en jouant à Texas Hold'em sur son téléphone cellulaire. Le directeur semblait tracassé. Il se passait fréquemment la main dans les cheveux. Avant de retourner à sa chambre, Félix plongea dans la mer afin de se rafraîchir un peu. Le doux roulement des vagues le berçait. Il s'y laissa tremper quelques minutes avant de passer en mode action. « Bon, je dois y aller. Il n'y a pas de temps à perdre ; il faut retrouver Valérie ! » se dit-il en nageant vers la grève.

De retour dans sa chambre, l'adolescent enleva son maillot et le laissa choir sur le plancher de la salle de bain. Il fit couler la douche puis, satisfait de la température de l'eau, il y entra. Les jets d'eau chaude aidèrent à réduire la tension entre ses épaules. Bientôt, l'adolescent ressentit sa fatigue. Sachant qu'il n'était pas temps de dormir, il coupa l'eau chaude. Un jet d'eau glacial le réveilla. Peu après, Félix se rendit au buffet. Il remplit une assiette d'une généreuse portion d'œufs, de jambon et de rôties. Avant de se trouver une table, il déposa plusieurs morceaux d'ananas et de papaye dans un bol et il agrippa un verre qu'il remplit de lait. L'ado réussit à balancer tous les couverts sans en échapper. Il vit que son ami Jacob était déjà dans le restaurant.

— Salut !

— Hé, Félix, ça va ?

— J'ai eu plein de cauchemars...

— Val ?

— Oui.

— Regarde, aujourd'hui, je vais laisser faire l'excursion à Xel-Há et je vais t'accompagner dans tes recherches.

— T'es certain, Jacob ? Je sais que tu voulais vraiment aller au parc aquarium.

— Absolument, des dauphins pis des lagunes il y en aura toujours...

Jacob réalisa trop tard que l'on ne pourrait peut-être pas en dire autant de Valérie. Un lourd malaise s'établit. Afin de s'en tirer, le jeune Nzanga ordonna à son camarade de manger vite, pour qu'ils puissent commencer leur enquête. Félix ne se fit pas prier. Il avala de grosses bouchées, mâcha peu et… au bout de quatre minutes, il avait tout englouti.

— Beurp ! Pardon, s'excusa-t-il, honteux d'avoir ainsi éructé en public. Maintenant, on va trouver les adultes pour leur dire qu'on part pour virer la ville à l'envers !

— D'accord.

En sortant de la salle à manger, Félix et Jacob rencontrèrent M. Antonin avec un groupe d'élèves. Le jeune Brunet lui expliqua son plan et promit d'appeler à l'hôtel et de laisser un message toutes les heures. Voyant que l'homme hésitait, Félix insista.

— Je sais que vous êtes inquiets, mais Jacob et moi allons rester ensemble tout le temps. Pis on ne sera pas partis tard, car ma grand-mère va arriver vers l'heure du dîner.

— Je vais aussi prendre des photos de chaque endroit où nous irons et les mettre sur Instagram, proposa Jacob.

Conscient que son enseignant ne saisissait pas l'utilité de ces images, Jacob fournit quelques précisions.

— Lorsque j'affiche une photo, j'indique l'endroit où je me trouve et automatiquement, l'heure s'inscrit. Donc, tous mes amis en excursion avec vous pourront voir notre cheminement, image, position géographique et heure à l'appui !

— Ah, je comprends ce que vous voulez faire, mais les photos ne serviront pas. La seule façon pour vous de partir à la recherche de Valérie est de le faire avec moi. J'ai des ordres stricts.

— D'accord, M. Antonin. Est-ce que l'on peut partir tout de suite ?

L'enseignant accepta. Il passa aviser ses collègues avant de quitter l'hôtel avec les garçons. Le soleil plombait déjà. L'artère principale était encore peu achalandée. Cancún bougeait pas mal l'après-midi et beaucoup le soir. Une fois rendu sur le trottoir, Félix suggéra de questionner des gens aux arrêts d'autobus et aux stations-services, au lieu de simplement faire le tour des hôtels de luxe de la côte. L'idée semblait bonne, toutefois, ni lui ni Jacob n'avait assisté au cours d'espagnol de Mme Santos. Donc, la communication s'avéra ardue, malgré l'aide de M. Antonin. Les jeunes trouvaient plus efficace d'accoster une personne chacun, plutôt qu'attendre, plantés comme des piquets, que l'enseignant parle à tout le monde.

À l'arrêt d'autobus le plus près de son hôtel, Félix interpella une femme un peu plus âgée que sa mère. Les petites rides au coin de ses yeux et aux commissures des lèvres ainsi que les cheveux blancs qui s'échappaient de son chignon trahissaient son âge. Elle s'éventait à l'aide d'un petit cahier de mots cachés, en attendant l'arrivée du prochain bus.

— *Ver chica*[7] ? demanda le jumeau en désignant une photo de sa sœur sur son téléphone cellulaire.

La dame en uniforme de femme de ménage marqué du logo d'une chaîne hôtelière hocha négativement la tête et recula d'un pas. Jacob la remercia et tira son camarade par l'épaule. Les deux amis poursuivirent leur route en reprenant le manège.

---

7. Voir fille ?

– J'ai vraiment l'impression qu'on perd notre temps. Si elle s'est fait enlever, elle ne sera pas en liberté et personne ne l'aura vue, il me semble…

– Peut-être Félix, mais si elle a fugué ou si elle a réussi à se sauver, elle pourrait être ici. Ne rien faire, ça, c'est inutile.

– Ouais, t'es logique.

– Jacob a raison, notre démarche ne peut pas faire de tort, ajouta l'enseignant.

Félix eut un brin d'espoir à une station-service. Le préposé n'avait pas vu Valérie. Toutefois, un touriste montréalais en train de payer sa boisson énergisante reconnut la jeune femme.

– Oui, je l'ai vue…

– Où ? Quand ? lança Félix fort excité.

– Hier… non, il y a deux soirs, au Coco Bongo… Elle ne semblait pas s'amuser… laissa-t-il planer.

– C'est ma sœur, elle est disparue hier à Tulúm. Est-ce que je peux te donner mon numéro de cell, si tu la vois à nouveau tu pourrais m'appeler ?

– Ouin… je retourne bientôt chez nous, mais on ne sait jamais, dit le jeune homme en tendant son iPhone à Félix. Vas-y, entre tes données dans mes contacts.

– Merci, c'est Félix, en passant, précisa l'ado avant de remettre le téléphone intelligent au Montréalais.

Même si l'info qu'il venait d'obtenir ne lui avait pas permis de retrouver Valérie, Félix était heureux de voir qu'au moins une personne l'avait reconnue. Il y en aurait d'autres. Il fallait continuer.

*   *
*

Bien plus au nord, Ginette tira sa valise et la plaça dans sa voiture. Elle retourna une dernière fois dans la maison, en fit le tour, certaine de n'avoir rien oublié, arma le système d'alarme et verrouilla la porte derrière elle. Ginette avait décidé de partir un peu plus tôt, car elle souhaitait passer à la banque pour retirer de l'argent. « Des cartes de crédit et de débit, c'est bien pratique, mais un peu de comptant, c'est toujours utile… si mes charmes ne fonctionnent pas ! »

Trois quarts d'heure plus tard, la grand-mère passait la sécurité à l'aéroport. Elle arrêta s'acheter un café puis, trouvant une banquette libre près de la porte pour son vol, elle s'assit. La dame farfouilla dans son sac à main et en extirpa un petit contenant dans lequel elle avait placé quelques biscuits et des carrés sortis du congélateur. Elle grignota tout en sirotant son café. Le pire moment de ce voyage était l'attente à l'aéroport. Une fois dans les airs, elle aurait le sentiment d'avancer. « À bien y penser, mon retrait était une bonne idée, se dit-elle, mais au Mexique on n'accepte que le peso ou le dollar américain. » Alors, elle se leva, lança sa tasse vide dans une corbeille et partit à la recherche d'un kiosque où convertir ses devises. Heureusement, la préposée était en train d'ouvrir boutique. La transaction se fit rapidement. Ginette enfouit les billets dans son portefeuille. Il ne restait plus qu'à attendre l'appel d'embarquement.

* *

*

Jade et Geneviève ne profitaient pas pleinement de l'excursion à Xel-Há, car l'inquiétude les tenaillait.

M. Cadieux et Mme Santos, voulant surveiller de près le maximum d'élèves, avaient refusé de les laisser partir avec Félix et Jacob. Lorsque le groupe monta à bord de l'autocar, *Tío* Sanchez s'enquit de Valérie. La réponse l'attrista. « Il y a beaucoup de jeunes filles qui disparaissent pour toujours », pensa-t-il, en quittant l'hôtel. Arnaud était soulagé d'être seul sur sa banquette près de la fenêtre, étant donné que bon nombre de ses camarades de classe le regardaient d'un œil désapprobateur. L'altercation avec Félix ne l'avait pas fait bien paraître. Les mauvaises langues le soupçonnaient d'avoir une part de responsabilité dans le drame de Valérie. « Non mais, faut être fêlé pour penser que je la ferais disparaître ! Je sais que je suis souvent rude et que je manque de tact, mais quand même… je ne suis pas un criminel. »

Malgré l'aura de tristesse qui flottait autour de la délégation étudiante, l'ensemble des élèves trouva le parc aquarium enchanteur. Les lagunes reliées par les rivières souterraines s'avéraient de superbes réservoirs naturels où observer une multitude de poissons tropicaux, sans oublier la jungle autour des étendues d'eau et des ruines portuaires. La morosité générale les empêcha de jouir pleinement des activités qu'on leur proposait. Nager avec les dauphins, explorer les cavernes sous-marines ou se laisser flotter sur des matelas gonflables, rien ne chassait l'idée que quelque chose de terrible était arrivé à l'une des leurs. Jean-Paul appela Carmela plusieurs fois, sans vraiment obtenir de nouvelles.

*   *

*

        Disparue chez les Mayas

L'inspecteur Ramirez passa déjeuner dans un petit resto près du Mercado 28. Se rendre à ce casse-croûte représentait certes un détour, mais il n'y allait pas par hasard. Bien au contraire, le policier connaissait les habitudes de Paquito El Cuervo Luna, ce caïd du crime organisé de la péninsule du Yucatán. L'homme très riche habitait une somptueuse villa d'un quartier huppé de Cancún, mais il fréquentait ce restaurant depuis ses débuts dans le monde du crime. Chaque matin, il y retournait pour déguster le même déjeuner composé de *huevos rancheros*, un mets typique à base d'œufs, avec une tasse de café bouillant. Dès son jeune âge, il avait montré ses talents de magouilleur et de batailleur. En un temps record, il avait gravi les échelons et s'était trouvé à la tête d'un imposant groupe d'escrocs. El Cuervo avait mérité le sobriquet de Corbeau en montrant son agressivité et en prouvant qu'il survolait ses opérations et gardait un œil sur toutes les activités. Rien ne lui échappait. Pour bon nombre de gens, il était un héros. Non seulement donnait-il du travail à des centaines d'hommes de la ville, mais il se montrait généreux envers les démunis qui lui prêtaient allégeance. Sans compter qu'après trente ans d'activités illicites, il n'avait jamais fait de prison. L'homme, la légende, était intouchable !

Ramirez sirotait un café *con leche y azucar*[8] en observant El Cuervo. Lorsque le caïd avala sa dernière bouchée, le policier se leva. Comme il s'approchait de la banquette de vinyle usé, deux armoires à glace se placèrent entre lui et leur

---

8.　Café avec du lait et du sucre.

patron. Ce dernier leur donna l'ordre de laisser passer l'inspecteur, qui avança mais ne s'assit pas.

— M. le policier, que me vaut cette visite ? demanda Luna en affichant un énorme sourire artificiel qui laissait voir une canine en or.

— Je cherche une jeune touriste...

— Et vous croyez que j'en suis responsable ?

— Pas du tout, mais tout le monde sait que vous avez les meilleurs yeux de tout le Yucatán.

— Vous me flattez, M. l'inspecteur. Ma vision, j'en suis bien fier. Toutefois, mes entreprises ne touchent pas les jeunes femmes qui s'égarent.

— Je comprends, répondit l'autre en déposant une photo de Valérie Brunet sur la table. En tout cas, si vous avez des nouvelles, n'hésitez pas, mes coordonnées sont à l'endos. Merci pour votre temps.

L'inspecteur s'éloigna. Certains estimaient qu'il tirait dans le vide. Cependant, Luis Ramirez connaissait suffisamment le système pour savoir qu'un service pouvait en attirer un autre et que montrer que l'on cherchait une personne pouvait exercer une pression susceptible de la faire réapparaître. « Bon, là je dois y aller, j'ai une pile de dossiers qui m'attendent et d'autres crimes à élucider. Cet après-midi, je communiquerai avec Jiménez, quand ça fera 24 heures que la petite Brunet manque à l'appel. »

*　*

*

Ce matin, on m'offre deux bananes et un morceau de pain au maïs. Non seulement on m'alloue un repas, mais on me donne la chance de me lever et d'aller à la toilette. J'apprécie ce moment, si bref soit-il, où l'on me défait de mes liens et l'on me permet de bouger mes muscles ankylosés.

Pendant qu'on me rattache, la sonnerie d'un téléphone perce le silence. Un des hommes s'éloigne du lit pour répondre. Il parle brièvement, dans un français cassé, à quiconque est à l'autre bout du fil. Cette personne parle fort. Je saisis des bribes. Les mots « travail, pas de mal et argent » parviennent à mes oreilles. Puis, l'appel se termine. Les hommes s'en vont. Voilà, une fois de plus je suis seule dans ma cellule.

Couchée sur mon lit... Ouache, déjà, je me l'approprie, bien que ça ne fasse même pas 24 heures qu'on me l'impose! Alors, je réfléchis à la voix de l'interlocuteur. J'ai la nette impression que je l'ai déjà entendue quelque part, mais je n'arrive pas à me souvenir où.

CHAPITRE 12

L'ouragan Ginette

Lorsque les roues de l'avion touchèrent la piste et que la voix du pilote émana des haut-parleurs, Ginette plaça une main nerveuse sur la boucle de sa ceinture de sécurité, prête à la détacher, à prendre son sac à main et à déguerpir de l'appareil. Colette, la passagère assise à côté d'elle, à qui elle avait raconté sa triste histoire, lui offrit des paroles encourageantes.

— Bonne chance, Ginette, je vais prier saint Antoine de Padoue, le patron des personnes perdues, pour Valérie.

— Merci, Colette. J'espère que le soleil sera au rendez-vous le jour du mariage de votre petite-fille.

Après cet échange de politesses, grand-mère Brunet quitta l'avion. En pressant le pas, elle parvint au carrousel à bagages rapidement. Malheureusement, après trente minutes d'attente, sa valise n'apparaissait toujours pas. Bouillant d'impatience, Ginette se rendit au comptoir pour souligner que ses bagages n'étaient pas arrivés. On lui expliqua qu'il y avait eu une erreur et que sa valise se trouvait dans la soute d'un autre avion. Elle remplit le formulaire d'acheminement, puis se dirigea vers les douanes. «Mausus, j'espère que je n'aurai pas d'autre contretemps!»

Une quarantaine de minutes s'écoulèrent au compte-gouttes avant le tour de Ginette. Elle tendit son passeport au douanier, qui l'examina et lui posa quelques questions en anglais. Lorsqu'il lui demanda la raison de son voyage, elle hésita un moment. Pour la première fois de sa vie, elle ne pouvait répondre par l'un des deux choix offerts : plaisir ou affaires.

— Je tente de retrouver ma petite-fille qui a disparu, répondit-elle.

— Bonne chance, dit le douanier avant de tamponner son passeport et de le lui remettre.

Il se retint de dire qu'elle avait peu de chances de la retrouver. «Surtout, pensa-t-il, si le crime organisé est impliqué. Elle pourrait déjà être rendue à Acapulco.» L'homme appela le touriste suivant et recommença ses mini-inquisitions.

Ginette se rendit au comptoir de location de voitures. De nombreuses compagnies y étaient représentées et de longues queues de clients attendaient presque partout. «Tout le monde doit se presser devant les compagnies qui demandent moins cher», pensa-t-elle. Par conséquent, elle se dirigea vers le comptoir où on retrouvait le moins de gens. Une dame maigrichonne au large sourire l'accueillit. Après un court échange, Ginette signa le contrat de location et lui remit sa carte de crédit. Enfin, clé en main, la grand-mère avança vers la sortie.

La chaleur la frappa de plein fouet. «Ouf! Ce n'est évidemment pas le mois de mars canadien, ça!» Elle marcha jusqu'au stationnement où on lui avait dit qu'elle trouverait sa voiture. Comme prévu, une VW Beetle décapotable blanche l'y attendait. Ginette se glissa à bord, fit descendre la capote, plaça la transmission en marche avant et quitta l'aéroport.

*　　*
*

Le tintement de son téléphone cellulaire attira l'attention de Félix, en train de poser des questions au concierge du Coco Bongo. Sa grand-mère lui envoyait un texto afin de l'avertir qu'elle était en route vers l'hôtel. L'adolescent remercia l'employé, qui n'avait pu l'aider, mais qui l'avait écouté, et fit signe à Jacob et à Jean-Paul qu'ils devraient partir.

— La jeune femme avec laquelle je parlais n'a pas vu Valérie… mais… elle m'a donné son numéro de téléphone ! s'exclama Jacob.

— Y a ben juste toi pour flirter en essayant de trouver ma sœur ! répliqua Félix.

— Quoi ? Je peux bien joindre l'utile à l'agréable, me semble.

— Je te niaise, tu n'es pas fait de bois… à part la tête !

Les deux ados pouffèrent de rire. Ça faisait du bien d'évacuer un peu de stress. M. Antonin se joignit à leur hilarité. Les élèves lui accordaient régulièrement la palme de l'enseignant qui racontait les meilleures blagues, lors de la remise de prix cocos, à l'Apogée, en juin. Toutefois, l'interlude fut de courte durée, car Félix voulait arriver à l'hôtel avant sa grand-mère. L'enseignant proposa de payer la course en taxi. Ils prirent place à l'arrière et promirent un généreux pourboire. Le chauffeur appuya à fond sur l'accélérateur ! La petite Nissan bleu marine se fraya un chemin entre les autobus et les cabriolets.

* *
*

Les jeunes de l'Apogée se reposaient à l'ombre. *Tío* Sanchez avait organisé un pique-nique. Gen et Jade en profitèrent pour tenter de joindre Valérie. Les filles espéraient un miracle. Une fois de plus, la voix préenregistrée de Valérie leur demanda de laisser un message.

Une fois que les jeunes eurent mangé, *Tío* Sanchez leur proposa de jouer au frisbee afin de digérer un peu avant de retourner à l'eau. La majorité d'entre eux n'avaient pas le cœur au jeu, toujours fort inquiets du sort de leur camarade de classe. Certains se dirent qu'il était inutile de se morfondre, car ça ne ramènerait pas Valérie. Alors, ceux-là se dispersèrent pour se lancer les disques de plastique arborant le logo d'une marque de bière bien connue. Mme Santos et M. Cadieux en profitèrent pour se parler de la jeune Brunet.

— Ça va bientôt faire 24 heures qu'elle est disparue. Peut-être que les policiers vont prendre l'enlèvement plus au sérieux. Il faudra sans doute que l'un de nous retourne à Tulúm.

— Peut-être, Carmela, mais sa grand-mère devrait arriver d'un instant à l'autre. Elle va sans doute s'en occuper.

— Probablement, mais si elle ne parle pas espagnol, je pourrai l'accompagner. Elle devrait être un paquet de nerfs… je le suis.

– C'est une bonne idée. Il faut que l'on collabore le plus possible et que l'on montre tous les efforts qu'on a faits pour retrouver sa petite-fille, poursuivit le directeur.

Les deux adultes discutèrent encore quelques minutes avant d'aller aider *Tío* Sanchez à ramasser les nappes et les glacières. Ils firent signe aux joueurs de rapporter les frisbees et exigèrent que les élèves leur donnent un coup de main pour récupérer les déchets qui jonchaient le sol. Finalement, ils purent passer à la prochaine activité de l'excursion. À regarder le groupe aller, on aurait cru que les adolescents allaient se faire arracher les dents de sagesse sans anesthésie. Ils marchaient en se traînant les pieds, la tête basse. Bref, toute une parade déprimante.

En après-midi, le téléphone de Carmela Santos sonna. Elle ne reconnut pas le numéro sur l'afficheur et fut remplie d'espoir.

– Mme Santos, c'est l'inspecteur Luis Ramirez.

– Oui, oui, avez-vous trouvé Valérie?

– Non, du moins pas pour l'instant. J'aimerais m'entretenir avec les élèves qui étaient avec elle avant sa disparition. Êtes-vous à Cancún?

L'enseignante répondit non, toutefois elle parvint à lui donner une heure approximative de leur arrivée à l'hôtel. Le policier la remercia avant de raccrocher. Carmela informa Pierre-Emmanuel de la bonne nouvelle. Enfin, une enquête se dessinait. Le directeur essuya les gouttes de sueur qui perlaient sur son front.

– Tu as raison, Carmela, c'est encourageant. Mon Dieu qu'il fait chaud!

* *
*

En arrivant à l'hôtel, M. Antonin invita Félix et Jacob à passer au bar afin de prendre une limonade. Cette proposition remplissait deux fonctions, celle de se désaltérer et celle de garder les gars occupés en attendant l'arrivée de Mme Brunet. L'enseignant avait souvent employé de telles tactiques de diversion avec ses fils, lorsqu'ils étaient bien plus jeunes. Même si Kevin et Olivier étaient rendus dans la vingtaine, il remuerait ciel et terre si quelque chose leur arrivait.

Ils eurent le temps de siroter la moitié de leur limonade dans le foyer, avant que Ginette arrive à la réception de l'hôtel. Dès que la grand-mère aperçut son petit-fils, elle accourut et le serra dans ses bras. Jacob feignit d'observer une grosse fougère dans un pot de grès, pour ne pas embarrasser son ami. Ginette salua le copain de son petit-fils, qu'elle connaissait bien, et elle s'entretint quelques instants avec M. Antonin. Rapidement, elle passa à l'action.

— Bon, Félix, où est ta chambre ? Ma valise va arriver plus tard, mais j'ai des vêtements de rechange dans mon sac à main. Je veux me changer, car il fait bien trop chaud ici pour porter ce que j'ai sur le dos.

— Par ici, répondit-il.

L'adolescent guida sa grand-mère jusqu'à la chambre qu'il avait partagée avec sa sœur. En moins de cinq minutes, elle en ressortit vêtue de capris, d'une blouse sans manches, qui laissait paraître un de ses tatouages, et de sandales. Ses lunettes de soleil étaient perchées sur sa tête.

— Bon, en sortant, je vais demander à la réception s'ils peuvent me trouver une chambre, comme ça je ne serai pas dans tes jambes tout le temps.

— Ce n'est pas grave…

— Non, non, non, Valérie sera de retour d'un instant à l'autre et il lui faudra sa place, promit-elle avec conviction.

Félix aurait voulu être aussi optimiste que sa grand-mère. Toutefois, ayant déjà fait pas mal de recherches, il n'était pas aussi convaincu. Après avoir discuté brièvement avec le gérant, Ginette négocia un tarif raisonnable pour quelques nuitées. Puis, elle fit signe aux jeunes et à leur professeur de la suivre à l'extérieur. En sortant, Ginette glissa quelques dollars au voiturier qui lui avait permis de laisser sa Beetle devant la porte pendant vingt minutes. Jacob et Félix se faufilèrent à l'arrière tandis que Jean-Paul prenait place à l'avant. Vu son gabarit imposant, un trajet assis à l'arrière aurait été un réel supplice. Mme Brunet s'installa derrière le volant. Puis, elle entra les coordonnés de Tulúm dans le GPS.

— Êtes-vous prêts, les gars ?

— Oui, quoiqu'un peu tassé, se plaignit Jacob.

— Désolée ! Tu ne t'en souviendras plus le jour de tes noces, répliqua Ginette avant d'enfoncer l'accélérateur.

Jacob, qui ne connaissait pas cette expression, hésita à demander une explication. Le soleil plombait sur les quatre occupants du véhicule blanc qui filait à vive allure vers le lieu de la disparition de Valérie. Mme Brunet demanda à son petit-fils de synchroniser son téléphone cellulaire avec le système *Bluetooth* de la voiture, pour appeler ses amis et leur demander de lui passer Mme Santos ou M. Cadieux. Félix, peu habitué aux Volkswagen, demanda à son enseignant de maths de dénicher le guide du propriétaire dans le coffre à gants. Antonin dut s'y prendre à deux fois pour suivre les consignes. Quand son appareil fut branché sur le système mains libres, l'ado composa le numéro de Jade. Les trois occupants entendirent le téléphone sonner deux coups avant qu'on réponde.

— Allô, Félix.

— Ça va, Jade ?

— Oui, on se prépare à retourner à l'hôtel. Est-ce que t'as des nouvelles de Valérie ? lui demanda-t-elle la voix pleine d'espoir.

— Euh… non. Nous venons de partir avec ma grand-mère. Peux-tu me passer Mme Santos s'il te plaît ?

— Oui, oui, attends une minute.

On entendit un bruit de mouvement, puis la voix de Mme Santos sortit des haut-parleurs de la décapotable.

— Félix, c'est madame Santos.

— Bonjour, madame. Ma grand-mère est arrivée et elle veut vous parler.

— Oui, oui, absolument ! Passe-la-moi.

— Bonjour, c'est Ginette Brunet. J'ai Félix et Jacob avec moi…

— Je suis aussi là, Carmela, ajouta son collègue.

— Nous sommes en route pour Tulúm. Je vais aller brasser la cage là-bas. Ensuite je vais refaire le tour des postes de police, reprit Ginette.

— Très bien, mais c'est ce que l'on a fait hier…

— Je le sais, mais là ça fait plus de temps que Valérie est disparue. Croyez-moi, je peux être très convaincante ! dit l'ancienne avocate, qui avait réussi à tirer les vers du nez de bien des coupables.

Santos les informa que Ramirez allait passer les rencontrer à l'hôtel, à la grande satisfaction de la grand-mère. Une fois la conversation terminée, la voix du GPS se fit entendre et Ginette effectua un virage à gauche. Les gars regardèrent défiler le paysage. À quelques reprises, Jacob faillit perdre sa casquette au vent. Mme Brunet suggéra à Félix de syntoniser un poste de radio afin que le trajet semble moins long. Il sélectionna une chaîne de pop latino. Le mélange de guitare, de batterie et de refrains accrocheurs s'échappa des haut-parleurs.

Enfin, un panneau routier indiqua que l'entrée du site archéologique de Tulúm était à cinq kilomètres. Félix commençait à grouiller dans son siège. Au bout d'un moment qui leur parut long, Ginette actionna le clignotant et tourna dans l'entrée. Puis, elle choisit un espace de stationnement. Avant de sortir de la voiture, elle releva la capote. D'un pas décidé, elle se dirigea vers la billetterie, où elle exigea de parler au gérant. Un homme grassouillet se pointa. Il se présenta, puis demanda ce qu'il pouvait faire pour elle.

— Bonjour, je me nomme Ginette Brunet, je suis la grand-mère de Valérie, la jeune fille qui est disparue ici hier, déclara-t-elle dans un espagnol sans accent.

— Vous m'apprenez que la police ne l'a pas retrouvée, j'en suis désolé.

— Effectivement, monsieur, elle manque toujours à l'appel. J'espère que vous pourrez m'aider à la retrouver.

— Je veux bien, mais je ne pourrai pas faire grand-chose de plus qu'hier avec l'enseignante.

— Honnêtement, je ne veux pas prendre beaucoup de votre temps. J'ai trois questions pour vous.

– D'accord... répondit-il, une trace d'hésitation dans la voix.

– Premièrement, avez-vous des caméras de surveillance sur le site ?

– *Más o menos, abuela...* [9], il y en a seulement à trois endroits : dans la billetterie, dans le bureau à l'arrière, où nous avons le coffre-fort, et dans le stationnement, mais elle n'en couvre qu'une petite partie.

– Est-ce que je peux avoir une copie de la vidéo de la billetterie d'hier, s'il vous plaît ?

– Je suis désolé, mais je ne peux pas vous la donner.

– Je comprends, je vais alors passer à ma troisième et dernière question. Pouvez-vous me remettre une liste de tous vos employés ?

– Une fois de plus, je dois répondre négativement.

Félix et Jacob attendaient à quelques pas des adultes. Ils avaient entendu tout l'échange, sans en comprendre plus que des miettes. Ginette demanda au gérant s'il était possible de lui parler en privé. L'homme l'invita à passer dans son bureau. Les jeunes se regardèrent, interloqués. Qu'allait-elle faire maintenant ? Pourquoi était-elle entrée dans le bureau ?

L'espace était fonctionnel, sans fioritures. Un meuble de bois en « L » et une chaise à roulettes trônaient au centre de la pièce. Un ordinateur et une imprimante y étaient installés. Un classeur de métal se dressait près de la porte. Au mur, on retrouvait une grande carte du site et quelques photos du gérant avec des politiciens ou des vedettes

---

9. Plus ou moins, grand-mère...

     Disparue chez les Mayas

en visite à Tulúm. Seules les photos témoignaient un peu de la personnalité de l'occupant. Dès que la porte fut fermée, Ginette passa à l'attaque.

— Ce site archéologique survit majoritairement grâce à la vente de billets et aux dons des touristes. Ça serait vraiment désolant qu'un enlèvement oblige à fermer ce lieu historique. Sans votre aide, je me verrai forcée de communiquer avec les médias. Des journaux et des chaînes de télévision d'ici, du Canada et sans doute des États-Unis couvriront cette tragédie. Sans compter tout le tapage de ma famille dans les médias sociaux.

— Mme Brunet, je ne crois pas nécessaire…

— … d'aviser les touristes qu'une visite à Tulúm est dangereuse ? Souligner le flagrant manque de sécurité, ça c'est important. Faudra-t-il une poursuite judiciaire ? Je doute que vos supérieurs voient cela d'un bon œil. Je trouverais navrant que vous perdiez votre emploi pour un manque de collaboration, laissa-t-elle planer.

— *¡Basta!* Ça suffit ! Je vois où vous voulez en venir. Je vous remettrai l'enregistrement et la liste des employés, si vous me promettez de vous en aller sans bruit et de ne pas revenir ici, proposa le gérant.

— D'accord, toutefois, quand la police viendra enquêter, je m'attends à ce que vous collaboriez avec eux, dit-elle en lui glissant 100 dollars américains.

— Bien sûr.

Ginette sortit de chez le gérant avec une liste à jour des employés et un DVD des allées et venues des clients à la billetterie. Elle fit signe aux garçons de la suivre. Dans le stationnement, ils virent M. Antonin qui parlait avec un employé. Il lui montrait une taille approximative avec sa main droite, en pleine description de Valérie. L'employé hocha négativement la tête avant de retourner à son boulot. L'enseignant vit que son groupe retournait à la voiture et il rebroussa chemin. Une fois dans le véhicule, grand-mère Brunet relata brièvement sa conversation fructueuse avec le gérant.

— Comment as-tu réussi à le convaincre de te donner tout ça ? demanda Félix.

— Disons que je peux être très convaincante… surtout lorsque j'ai des arguments de taille, répliqua-t-elle avec un sourire malicieux.

— Pourquoi vouliez-vous le DVD et la liste ? questionna Jacob.

— C'est bien simple, il y a deux façons d'entrer sur le site. Soit on est un touriste et on paie, soit on y travaille. On saura donc qui était là hier.

— Mais, grand-maman, il y avait tellement de visiteurs. Ça va être impossible de trouver tout le monde pour leur demander s'ils ont vu quelque chose…

— T'as raison, Félix. Ce n'est pas ça mon plan. Il me semble qu'on n'enlève pas quelqu'un juste comme ça. Il doit falloir un peu d'organisation. Si on réussit à convaincre les policiers de consulter les documents qu'on leur apporte, ils pourront déterminer s'il y avait des criminels connus sur le site au moment du kidnapping. Ce n'est pas une garantie de succès, mais ça ne peut pas faire de tort.

Ginette avait divulgué son plan, ils pouvaient s'éloigner du stationnement. Elle démarra la Beetle, entra les coordonnées du poste de police le plus près dans le GPS et emprunta la route. Félix était fier de la ruse de sa grand-mère. Il souhaitait que son plan fonctionne. La femme âgée gardait

   Disparue chez les Mayas

l'accélérateur collé au tapis et zigzaguait entre les voitures qui ne roulaient pas assez vite.

*   *

*

Les membres du groupe de l'Apogée avaient un peu de temps avant le souper. Mme Santos accompagna les élèves à la piscine. M. Cadieux demeura dans le lobby près de Jade et Geneviève, qui s'entretenaient avec l'inspecteur Ramirez venu les interroger. Le policier était accompagné d'une interprète afin de faciliter les choses. Ramirez leur demanda de lui raconter tout ce qui s'était déroulé entre la fin de la chasse aux trésors et la disparition de Valérie. Les jeunes filles relatèrent ce qu'elles avaient raconté aux accompagnateurs. Elles trufferent leur récit de détails à propos de la personnalité de leur amie, qui prouvaient qu'elle devait être la victime d'un enlèvement.

— Val est toujours à son affaire, comme moi, expliqua Jade. Si elle avait voulu aller explorer, elle aurait demandé la permission.

— Dites-moi, mesdemoiselles, est-ce qu'il y a eu quoi que ce soit d'étrange, d'inhabituel... un malaise... une rencontre... n'importe quoi de marquant, lorsque vous étiez avec votre amie à la plage ?

— Ç'a passé vraiment vite, madame Santos nous a appelées, c'était déjà le temps de partir, répondit Gen.

— J'étais à la plage moi aussi, je surveillais nos élèves et il n'y a rien eu hors de l'ordinaire, indiqua M. Cadieux, plutôt silencieux jusque-là.

L'enquêteur se mit à poser des questions sur l'état d'esprit de Valérie dans les 24 heures précédentes. Jade se mordillait les lèvres. Ramirez saisit qu'elle cachait quelque chose, donc il poussa davantage.

— Ça n'a sans doute pas rapport, mais Valérie et son copain s'étaient disputés la veille. C'était fini entre les deux, dévoila Jade.

— Bah… il faut dire que ce n'était pas très fort en partant. Arnaud et Val sont tellement différents, ajouta Geneviève, en mâchouillant des caramels à la fleur de sel.

— Vous savez, mesdemoiselles, chaque petit détail peut devenir très important dans une enquête. Si elle était triste ou fâchée, elle a dû être moins attentive à ce qui se passait autour d'elle. Elle a pu ne pas voir son agresseur avant qu'il soit trop tard. Monsieur Cadieux, est-ce que je pourrais parler avec cet… Arnaud ? lut-il à voix haute après avoir consulté son calepin de notes.

— Eh, euh… oui, oui, je vais ramener les jeunes filles à la piscine, puis je reviendrai avec lui.

Arnaud fit le macho en parlant de son ex-copine. Le policier ne se laissa pas tromper. Des gars comme lui, il en avait côtoyé beaucoup. Des jeunes hommes qui tentaient de dissimuler leur anxiété derrière une bravade exagérée, il en avait vu. La rupture si récente lui avait porté un dur coup, c'était clair.

— Quand avez-vous été seul avec elle pour la dernière fois ?

— Hum… la veille de la visite à Tulúm… on est allés danser.

Les yeux de l'enquêteur devinrent plus expressifs. Ils semblaient dire : « Allez, n'arrête pas là.

Raconte-moi tout. » L'adolescent jeta un coup d'œil à M. Cadieux, qui approuva de la tête. Alors, Arnaud raconta la série d'événements et la rencontre du Coco Bongo.

— Monsieur le directeur, vous ne m'aviez pas dit ça, remarqua l'inspecteur Ramirez.

— Valérie Brunet est disparue aux ruines, pas dans une boîte de nuit. Je n'ai pas jugé notre rencontre pertinente. Ces deux élèves n'avaient pas respecté les règles, je les ai surpris et les ai renvoyés à l'hôtel. Ils se sont présentés le lendemain matin pour le trajet en autocar jusqu'au site archéologique.

Une quinzaine de minutes plus tard, Ramirez était parti et le groupe de l'Apogée passait à table. L'excursion à Xel-Há leur avait creusé l'appétit. Pendant que les serveurs distribuaient les plats fumants de poisson ou de bœuf, les jeunes bavardaient et sirotaient des colas et des citronnades. Arnaud, qui prenait normalement beaucoup de place dans une foule, s'était fait de plus en plus calme depuis sa chamaille avec Félix et les questions de l'enquêteur. Ses camarades le laissaient tranquille. Assis à la même table que lui, Jade et Geneviève comparaient les photos prises au cours de la journée.

— Je ne sais pas quel filtre choisir pour cette photo ? demanda Geneviève.

— Tu n'en a pas besoin. C'est super beau comme ça. Aucun filtre ne pourra rehausser le bleu turquoise de l'eau. En tout cas, moi je la placerais telle quelle sur Internet.

— Ouais, t'as raison Jade. C'est vrai que cette photo est écœurante ! Valérie aurait trouvé ça super beau, ajouta-t-elle tristement.

Les amies déposèrent leurs téléphones intelligents lorsque le serveur plaça des assiettes devant elles. Tout en mangeant, elles s'entretinrent un peu de Valérie. Arnaud feignit de les ignorer. C'était évident que le sujet le piquait toujours.

À la table voisine, les adultes discutaient des quelques jours qui leur restaient au Mexique. La disparition de la jeune Brunet avait jeté une ombre funeste sur la météo, les visites, les repas et l'hébergement superbes. Ils n'osèrent pas en parler devant les jeunes, mais ils ne savaient plus quoi faire. Ils étaient soulagés que les policiers semblent enfin vouloir s'en mêler. Tous les appels de M. Antonin, aux hôpitaux et ailleurs, n'avaient servi à rien. Maintenant que Mme Brunet était arrivée, elle veillerait aux recherches. Les deux professeurs craignaient le pire. Les accuserait-on de négligence ? Leurs courriels à leur représentant syndical ainsi qu'à leur ordre professionnel demeuraient sans réponse. L'inquiétude qui les grugeait masquait le goût épicé des plats qu'ils picoraient.

*　*

*

Après une visite infructueuse aux policiers de Tulúm, grand-mère Brunet décida d'arrêter à un petit casse-croûte en chemin vers Cancún. Affamés, Jacob et Félix choisirent rapidement des tacos au poisson pour le premier et un burrito au poulet pour le second. Jean-Paul se contenta d'une quésadilla et Ginette opta pour des tamales. Pendant que le quatuor mangeait à une table de piquenique couverte d'un parasol vert forêt à l'effigie des XX de la bière *Dos Equis*, le téléphone de Ginette sonna.

– Oui, allô ?

– Salut, maman. Ça va ?

– Oui, mais pas de succès à présent.

– OK. Nancy et moi sommes toujours à Port-au-Prince. Nous avons nos billets d'avion, mais notre premier vol est retardé, il manque un pilote. J'espère qu'il va se pointer bientôt et qu'on va embarquer rapidement, si on veut réussir nos correspondances… Surtout qu'on a deux escales, lui annonça-t-il en tentant de retenir le mélange de frustration et d'anxiété dans sa voix. Notre itinéraire est assez illogique, mais nous avons pris ce qu'il y avait de disponible.

Charles demanda à parler à son fils. Félix prit le téléphone que lui tendit sa grand-mère, se leva de table et fit quelques pas afin d'avoir plus d'intimité.

– J'm'excuse… j'aurais dû rester avec Val… tout le temps. C'était à moi de la protéger, dit-il en reniflant bruyamment.

– Félix, écoute-moi, la disparition de ta sœur n'est pas ta faute. Elle était avec ses amies, puis… quelqu'un l'a enlevée. T'as tenté de la retrouver, ta mère et moi, on ne peut pas t'en demander plus. Ç'aurait pu arriver à n'importe qui, n'importe où…

– Ouais, mais ce n'est pas n'importe qui !

– Je le sais mon grand, ta grand-mère est là, m'man et moi arriverons demain, on va tout faire pour que la police, les médias, l'ambassadeur s'il le faut, fassent quelque chose ! ajouta-t-il avec une conviction teintée de trémolos.

Quand Félix revint à la table, Ginette l'encouragea à avaler le restant de son souper. Du casse-croûte, ils iraient à Cancún. Après avoir discuté avec Jean-Paul, grand-mère Brunet offrit aux ados de les conduire à l'hôtel avant de se rendre au poste de police. « Passer un peu de temps avec leurs amis ne leur ferait pas de tort et leur changerait les idées », conclut-elle intérieurement. Félix et Jacob en profitèrent pour faire un saut à la piscine avant qu'elle ne ferme pour l'entretien quotidien. Félix nagea une trentaine de longueurs et se laissa flotter plus longtemps qu'à l'accoutumé, pour se détendre. L'adolescent sentait maintenant la fatigue qui l'accablait. Malgré l'impression de n'avoir rien accompli, sa journée avait été mouvementée. Tôt le matin, son ami Jacob et lui s'étaient mis à arpenter les rues de Cancún, puis il y avait eu l'aller- retour à Tulúm, sans oublier son insomnie de la nuit précédente. C'était donc normal que Morphée l'attire dans ses bras. Avant de quitter la piscine, le jeune Brunet remercia son camarade d'avoir renoncé à une visite qui l'intéressait depuis l'automne, quand le trio d'enseignants leur avait présenté l'itinéraire du voyage. « Jacob est vraiment un bon gars. C'est un ami toujours là quand on en a besoin », pensa Félix en se dirigeant vers sa chambre où son lit l'attendait.

*   *

*

Ginette patientait avant de parler à un policier. Au bout de trois quarts d'heure, on la fit entrer dans le bureau de l'inspecteur Ramirez. La grand-mère se présenta et se mit à expliquer ce qui l'amenait là.

— Madame Brunet, comme je l'ai dit à l'enseignante de votre petite-fille, ce n'est pas rare que des adolescents disparaissent temporairement ici. Vous savez, lorsqu'ils sont loin de la maison, les jeunes veulent souvent faire des expériences… Généralement, ces ados réapparaissent à leur hôtel un ou deux jours plus tard... avec un solide mal de tête et des histoires abracadabrantes pour faire saliver leurs amis.

— Écoutez, inspecteur Ramirez, j'ai déjà été adolescente, je sais que les jeunes se mettent souvent dans le pétrin par mégarde. Là, nous parlons de ma petite-fille. Elle ne s'est pas éclipsée pendant la nuit pour aller faire la fête, elle visitait un site archéologique. Sa disparition a eu lieu en plein jour. Ce n'est pas normal, ça ! s'exclama-t-elle.

— Je comprends votre inquiétude, c'est aussi pour ça que j'ai communiqué avec des gens qui sont au courant de tout ce qui se trame de louche dans la ville. J'ai aussi interrogé les amis de Valérie. Maintenant que 24 heures se sont écoulées, vous pourrez remplir un formulaire de personne disparue. On va ensuite envoyer une copie de l'avis de recherche à tous les postes de police de l'État de Quintana Roo.

— D'accord, c'est un bon départ, mais qu'en est-il d'une enquête officielle ?

— En toute honnêteté, le manque d'indices ou de preuves d'acte criminel joue contre nous.

— Je peux vous remettre la vidéo de la billetterie ou la liste des employés du site, vous pourriez vérifier qui était là...

— Comment avez-vous obtenu tout ça ? Non, se ravisa-t-il, ne me le dites pas. J'aimerais bien consulter vos documents, mais côté temps, ce n'est pas raisonnable. J'ai au moins cinq enquêtes à mener en même temps. Je suis navré de vous apprendre que les ressources humaines que nous avons sont étirées au maximum.

– D'accord, je comprends. Mais, il doit y avoir une solution. Peut-être que je peux aider… Dites-moi ce que ça prendrait ?

* *

*

Ma journée s'avère longue et pénible. On me visite le matin, afin de me donner un morceau de pain au maïs et un peu d'eau. Puis, on m'abandonne. Je demeure étendue sur mon grabat. Je tente à maintes reprises de me défaire de mes liens, mais ça ne sert à rien. Tout ce que je réussis à faire, c'est écorcher davantage mes poignets. Ils sont maculés de sang séché. J'ai mal aux bras et aux épaules. C'est tellement inconfortable d'avoir les bras en l'air en tout temps.

En soirée, mes ravisseurs reviennent, je suis soulagée de les voir. J'ai faim, j'ai soif, je veux bouger, mais surtout… je dois me rendre à la toilette. Après m'avoir permis de satisfaire mes besoins, les kidnappeurs me ramènent à mon lit. Ce coup-ci, ils ne me forcent pas à me coucher en plein centre. Non, ils me tassent à droite avant de m'attacher à nouveau. Je trouve ça pas mal étrange. Je ne m'interroge pas longtemps, car ils quittent ma cellule et y reviennent deux ou trois minutes plus tard. Ces costauds transportent une jeune femme qu'ils allongent à mes côtés. En deux temps trois mouvements, ils lient ses poignets à la tête du lit.

Avant de nous quitter, un des geôliers nous souhaite ¡Buenas noches! Si j'avais su, en apprenant à dire bonne nuit en espagnol, que je me l'entendrais dire par des bandits, j'aurais vite refermé mes livres.

CHAPITRE 13

Un trajet interminable

L'attente à l'aéroport s'éternisait. Les Brunet avaient marché de long en large dans le terminal à maintes reprises. Ils avaient déboursé une somme importante afin d'obtenir des billets sur le premier vol disponible. Tout avait été prévu, sauf le retard du pilote. Heureusement, la bande passante était forte. Les chirurgiens en profitèrent pour communiquer avec des collègues susceptibles de les remplacer sans aucun préavis, à l'hôpital Nap Kenbe de MSF. Ils l'avaient déjà fait pour d'autres praticiens qui avaient dû annuler leur engagement auprès de l'organisme de bienfaisance. Au fil des ans, ils avaient côtoyé bon nombre de médecins en tout genre, des chirurgiens comme eux, des généralistes, des oculistes, des cardiologues et plus encore. Alors, le couple se mit à envoyer des courriels à d'autres spécialistes. En consultant leur compte, ils virent que certains de leurs collègues étaient en ligne. En quelques coups de frappe, ils commencèrent à clavarder. Les docteurs Boisbriand, Kline et Abdi ne pouvaient pas se libérer de leurs fonctions dans leur clinique ou leur hôpital, mais la docteure France Dutrisac accepta, étant donné qu'elle était déjà en vacances.

— Si je trouve quelqu'un pour garder mes chiens, ça me ferait plaisir d'y aller, tapa la chirurgienne de Saint-Boniface, au Manitoba.

— Super! Ça aiderait grandement MSF, que nous venons de prendre au dépourvu, se réjouit Nancy.

— Il n'y a pas de quoi. Ça m'aiderait à oublier mon ex... Comme tu le sais, le divorce est encore frais.

— En tout cas, on va refiler ton nom à Georges, qui s'occupe de la logistique. Il pourra faire le suivi avec toi. Merci d'y réfléchir.

Le couple était satisfait d'avoir trouvé au moins une personne qui acceptait de prendre la relève. Si tout allait bien, un autre médecin lirait ses courriels le matin et se porterait volontaire. Maintenant que leurs efforts pour trouver des remplaçants étaient récompensés, ils allèrent prendre un café. La nuit serait longue, alors aussi bien ingurgiter une dose de caféine. En croisant des voyageurs souriants, les parents eurent un pincement au cœur. Normalement, ils adoraient voyager, en vacances ou pour le travail. Ils ressentaient toujours une certaine fébrilité, mais cette fois, l'angoisse prenait le dessus. Le couple dénicha une table vacante sous laquelle placer les bagages de cabine et où déposer les tasses.

— Charles, je capote, là.

— Moi aussi. Jusqu'ici, j'étais sur l'adrénaline. Maintenant qu'on n'a plus rien à faire, je trouve l'attente intenable! Si j'étais seul, je me laisserais aller en maudit.

   Disparue chez les Mayas

— Nous sommes habitués à aider des gens qui ont toutes sortes de problèmes, mais quand le pire nous arrive, on dirait que nous n'y sommes pas préparés.

— Je m'en veux tellement ! On aurait pu dire non, ou au moins rester plus près d'Ottawa jusqu'à leur retour...

— Je me sens triste, enragée et impuissante à la fois, mais regarde... Faut qu'on évite de se blâmer. Ça ne sert à rien.

— Je le sais bien, Nancy, mais c'est plus fort que moi.

Les parents de Valérie burent leurs cafés refroidis. Ils consultaient fréquemment leur montre, de plus en plus découragés chaque fois. Ils étaient impatients de se mettre en mouvement, de passer à l'action.

Finalement, après de longues heures, Nancy et Charles Brunet montèrent à bord de l'avion. Comble d'ironie, même après avoir payé un coût exorbitant, ils n'allaient pas être assis ensemble sur aucun des trois vols requis pour se rendre de Port-au-Prince à Cancún. Ils s'y résignèrent, car ce qui comptait le plus pour eux était de se rendre à destination et de participer aux recherches. Quand le pilote annonça que tous les passagers et l'équipage devaient se préparer pour le décollage, les Brunet poussèrent un soupir de soulagement. Le premier vol les amena à Panama. Grâce au départ tardif de leur vol précédent, ils ne durent attendre que deux heures. Charles et Nancy en profitèrent pour se promener un peu dans l'aéroport et pour s'acheter des cafés et des beignets, avant d'aller s'asseoir dans l'aire d'attente. Entre des coups d'œil à sa montre et des gorgées de cappuccino, Charles parcourait des sites Internet sur son portable, à propos des enlèvements au Mexique. Ce qu'il y découvrit acheva de le décourager.

— Regarde, Nancy, c'est écrit qu'annuellement, de nombreux enfants sont enlevés pour une rançon. Ces jeunes proviennent de familles mexicaines bien nanties et, souvent, un membre de l'entourage des parents facilite le kidnapping. Imagine !

— OK, mais ça ce n'est pas le cas de Val. Wow, il y a même des assurances en cas d'enlèvement !

Le couple fit un peu de recherche du côté des disparitions de touristes, pour apprendre que ces actes étaient souvent liés à des histoires de narcotiques.

— Je ne crois pas que notre fille se soit mise dans le pétrin pour acheter des stupéfiants.

— Je suis d'accord, Charles, mais lis la suite. C'est écrit que l'autre cas d'enlèvement le plus commun est celui de touristes au mauvais endroit au mauvais moment : boîte de nuit douteuse, ruelle sombre, taxi...

— T'as raison, ça c'est plus probable.

Une fois le portable éteint, la mère se mit à pianoter sans arrêt de sa main droite sur le bras de son fauteuil. Quelques voyageurs lui jetèrent des regards agacés. Toutefois, la femme ne s'en aperçut pas. Depuis de nombreuses années, lorsqu'elle devait réfléchir profondément à un problème qui la tracassait, elle fixait le vide et faisait aller ses doigts. À maintes reprises, elle avait ainsi trouvé des solutions à des questions d'examen à la faculté de médecine et plus tard, à des opérations délicates. Aujourd'hui, elle réfléchissait aux étapes à suivre pour retrouver sa fille. Il devait bien y avoir une solution logique. De son côté, Charles exécu-

   Disparue chez les Mayas

tait des multiplications dans sa tête, une manie qu'il traînait depuis les bancs d'école lorsqu'il était nerveux.

Le deuxième tronçon du voyage fut plus long. Avant le décollage, on avisa les passagers que la porte d'une des soutes à bagages ne fermait pas correctement. Il fallait attendre que des techniciens viennent corriger le problème. Les deux parents reprirent leurs tics de plus belle. Malgré l'approche de la nuit, la chaleur humide demeurait suffocante. On avait éteint la climatisation de l'avion, qui poireauta sur le tarmac pendant près d'une heure avant que le pilote puisse le diriger vers la piste. Les passagers s'éventaient avec la carte des procédures d'urgences. Charles s'inquiétait maintenant de manquer la correspondance à Mexico. Le chirurgien était habitué de courir contre la montre lors d'interventions chirurgicales urgentes. Grâce à ces années de pratique, il réussit à garder son sang-froid. Cependant, intérieurement, il criait bien fort.

*　*
*

Enfin, les Brunet s'envolèrent pour la capitale mexicaine. Nancy feuilleta le magazine du transporteur aérien, rangé dans la pochette du siège devant elle. Entre les publicités de parfum et d'alcool hors taxes, de nombreux articles touchaient les destinations où se rendait la compagnie, dont un sur les attraits touristiques de Mexico. En lisant en diagonale, elle apprit que la ville était en fait une île dans le lac Texcoco, où les Aztèques érigèrent leur première cité, au 14e siècle. On recommandait d'y faire une excursion, en bateau décoré tels des chars allégoriques, au site de l'héritage mondial de l'UNESCO : Xochimilco. Puis, elle lut à propos de la Torre Mayor, du sommet de laquelle l'on pouvait admirer le panorama de la ville. Les noms du marché Ciudadela, des ruines aztèques de Teotihuacán et de la Basilica de Guadalupe, l'endroit saint visité par de nombreux pèlerins, la laissèrent indifférente. Par contre, un bref paragraphe, dans lequel on mentionnait la Zona Rosa, activa son imagination. La mère s'imagina qu'on y avait emmené sa fille afin de l'exploiter. Écœurée, elle rangea la revue et se brancha sur la musique du système de divertissement de l'appareil. Elle somnola brièvement. Dès qu'elle fermait les yeux, elle se mettait à rêver aux sévices que subissait peut-être sa fille. Discrètement, elle se rendit à la minuscule salle de toilette et elle s'y embarra. Elle se regarda dans la glace. Les larmes coulèrent le long de son visage. Du revers de la main, elle les essuya. Puis, elle fit couler l'eau du robinet et s'en aspergea le visage. « Ce n'est pas le temps de pleurer. Il faut que je reste forte », pensa-t-elle.

En sortant, Nancy croisa le regard d'une agente de bord. Celle-ci aperçut le visage déconfit de la passagère. Alors, elle lui adressa la parole.

– *¿Señora, que pasa ?*

– *Nada,* il ne se passe rien, ne vous inquiétez pas.

– Vous semblez épuisée. Je vais vous préparer une camomille. Qu'en dites-vous ?

Nancy hésita un instant avant d'accepter l'offre de la jolie dame aux cheveux de jais retenus par une barrette en turquoise. Consuelo, comme indiqué sur l'épinglette de son uniforme, lui sourit avec compassion avant de l'inviter à la suivre derrière,

   Disparue chez les Mayas

jusqu'à la station des agents de bord. Mme Brunet avala une gorgée de la tisane fumante que l'agente lui mit entre les mains. À nouveau, Consuelo lui demanda ce qui n'allait pas. Nancy prit une inspiration profonde avant de lui raconter le drame qu'elle vivait. La Panamienne offrit une épaule réconfortante à cette mère assaillie par le chagrin et l'inquiétude.

— Vous êtes bien courageuse, madame. Si j'étais à votre place, je pleurerais sans arrêt. Je vais prier pour vous et votre fille. Vous la retrouverez, j'en suis convaincue.

— Merci, Consuelo… c'est ce que je souhaite de tout mon cœur.

De son côté, Charles avait tenté de suivre le scénario d'un film, mais il n'arrivait pas à se concentrer. Lorsqu'on lui offrit une consommation, il hésita. Oui, une lampée de cognac doré qui brûlait la gorge en descendant et réchauffait l'intérieur serait appréciée et engourdirait la douleur. Toutefois, l'effet ne durerait pas et il ne souhaitait pas sombrer dans une torpeur causée par la boisson. Il s'était déjà laissé ensorceler par le chant de sirène de l'alcool. Ce démon lui avait coûté un bon nombre d'années et presque sa profession et son mariage. Alors, il opta pour un jus d'orange.

Charles observait les passagers de la cabine. Ici et là, il voyait des familles qui voyageaient ensemble. Le chirurgien se culpabilisait. Il n'aurait pas dû laisser ses enfants participer au voyage. Il aurait dû les accompagner. Il aurait dû rester au Canada plus souvent au lieu de partir travailler à l'étranger, loin de sa famille. Bien qu'il ne puisse rien changer à la situation, être pris dans un avion depuis des heures ne lui donnait pas l'impression de se rendre utile. Rendu à l'aéroport de Mexico, il tituba hors de l'avion. L'espace était très étroit et ses longues jambes étaient engourdies. Assise plus loin dans l'appareil, son épouse le rejoignit quelques minutes plus tard. Elle avait des cernes sous les yeux. Le couple se dévisagea. Ni lui ni elle n'osa dire qu'ils avaient l'air magané par le manque de sommeil et l'inquiétude. Au bout du long couloir vers les correspondances, un préposé les informa qu'ils avaient bel et bien loupé leur vol. Il pouvait leur réserver deux places sur le premier avion à destination de Cancún. De plus, il leur trouva une chambre d'hôtel tout près de l'aéroport. Le couple remercia le préposé et se dirigea vers la sortie.

Une fois étendus dans le grand lit duveteux, ils sombrèrent dans un sommeil mouvementé. Des cauchemars les tourmentaient. Ils y voyaient Valérie blessée, crier au secours, avoir peur...

— Valérie, Valérie, Valérie! cria Charles en se réveillant en sursaut.

— Quoi? Qu'est-ce qu'il y a? Est-ce qu'elle a appelé? demanda Nancy, tirée du sommeil par les cris de son époux.

— Euh... non, je... je rêvais...

— Moi aussi. Charles, il faut qu'on la retrouve sinon je ne sais pas ce que je vais faire. Au travail, j'ai surmonté bien des obstacles. Des cas graves surviennent tout le temps... mais ça arrive aux autres...

— Là, ça frappe tout près.

— Oui.

Ils discutèrent encore un peu avant de s'assoupir à nouveau. Leur sommeil ne fut pas plus paisible qu'avant. Le sort de leur fille les hantait.

     Disparue chez les Mayas

Lorsque le téléphone sonna pour annoncer l'heure du réveil, les parents de Valérie se sentaient accablés. Un saut sous la douche les revigora un peu. Puis, ils retournèrent à l'aéroport afin d'entreprendre la dernière étape de leur trajet. Au bout de quelques heures, ils arrivèrent à l'hôtel Los Sueños, à bord du véhicule qu'ils avaient loué. Maintenant qu'ils étaient arrivés dans la région où leur fille avait disparu, ils eurent un regain d'énergie et envoyèrent un texto à Ginette et un autre à Félix. En moins de cinq minutes, la famille se réunissait dans le hall d'entrée, vide à cette heure inhabituelle.

*   *

*

Au cours de la nuit, ma coloc me réveille. Le chloroforme qu'on a dû lui administrer a cessé de faire effet. Comme, dans leur hâte, mes gardiens ont oublié de me bâillonner, j'en profite pour m'adresser à la jeune femme étendue près de moi. Je commence en français. Elle hoche la tête. Elle doit être une touriste qui s'est fait ravir, comme moi. Je lui chuchote qu'il nous faut rester silencieuses. Elle hoche la tête encore, pour m'indiquer qu'elle comprend.

— Quel est ton nom?

— So… So… Sophie.

— Moi, c'est Valérie.

C'est évident qu'elle est très énervée. Je le suis moi-même, après quelques jours d'emprisonnement. Je tente de la calmer un peu.

– Ils ne m'ont pas fait de mal. On me nourrit et on me détache pour que je marche au moins deux fois par jour.

– Comme... Comme... un... chien !

La réplique de Sophie me frappe de plein fouet. Elle a raison. Je me trouve bête de n'avoir pas fait le lien.

– Oui.

– Pourquoi est-ce... qu'ils... nous ont... enlevées ? bredouille-t-elle.

– Je ne le sais pas.

Des bruits de pas se font entendre. J'émets un « chut ! » doux afin que Sophie se taise. Elle devient muette comme une morte. Nous feignons de dormir quand l'un de nos kidnappeurs ouvre la porte. Muni d'une torche électrique, il braque le faisceau lumineux sur nous. Un bref instant, je crains qu'il vienne nous examiner de plus près et s'aperçoive qu'il a oublié de nous couvrir la bouche d'un bandana. Quelques secondes s'écoulent, puis il s'éloigne. Je compte jusqu'à cent avant de me hasarder à parler de nouveau.

– Je viens d'Ottawa. Je suis venue à Cancún avec un groupe de mon école. Ces deux gars m'ont enlevée à la fin de ma visite à Tulúm.

– Moi aussi... je viens de la capitale, dit-elle avec plus d'assurance dans la voix. Je suis venue ici pour... me marier sur la plage. En soirée, mon fiancé et moi sommes sortis danser. Comme il voulait aller fumer des cigares, un portier du club lui a suggéré d'aller à un salon exclusif, pas très loin. Moi, ça me dégoûte, donc je lui ai dit que je retournerais à l'hôtel.

– Puis ? dis-je pour l'encourager à continuer.

   Disparue chez les Mayas

– Bien, je suis sortie de la boîte. Le valet m'a hélé un taxi... pis là... pis là je me réveille ici ! s'exclame-t-elle, avant d'ouvrir la digue et de laisser les larmes inonder ses joues.

Je tente de la consoler de mon mieux, mais ça semble peine perdue. Il faut qu'elle évacue sa tristesse et son incompréhension. Je me sens moche d'être heureuse d'avoir une codétenue. Ça fait des jours que je ne parle pas. J'admets que je craignais de virer folle, seule dans mon cachot.

Sophie finit par s'endormir. Je me dis qu'à deux nous aurons plus de chances d'être retrouvées. Toute sa famille qui s'attend à la voir convoler en justes noces, ainsi que mes amis et ma famille qui me cherchent sans doute, n'abandonneront pas de sitôt.

CHAPITRE 14

Zone de turbulence

Le soleil se pointait à peine. Dans une dizaine de chambres de l'hôtel Los Sueños, les jeunes clients de l'Apogée grommelaient de se faire réveiller si tôt. M. Antonin avait demandé que l'on fasse un appel dans toutes les chambres. Tous devaient plier bagages avant le déjeuner, étant donné qu'ils s'envolaient vers le Canada en matinée.

Dans la chambre 345, Jade et Geneviève remplissaient leurs valises. Chacune leur tour, elles ouvrirent tous les tiroirs de la commode et elles vérifièrent la penderie deux ou trois fois, pour s'assurer de ne rien oublier.

— Wow, le voyage a passé vite ! s'exclama Gen, entre deux bouchées d'une tablette de chocolat.

— Je le sais. J'ai l'impression d'être arrivée hier. Ma mère dirait que toute bonne... ou toute presque bonne chose a une fin.

— C'est vrai que les lieux qu'on a visités étaient pas mal spectaculaires. Sans oublier la météo superbe. Mais, la dis...

— Oui, je crois qu'on va se souvenir d'un seul événement, en fin de compte...

Ni l'une ni l'autre ne mentionna Valérie. Elles gardèrent le silence quelques instants en pensant à elle. Les ados craignaient le pire. Gen pensa au récit maléfique que *Sra* Bernal leur avait raconté. Est-ce que des forces surnaturelles s'étaient emparées de son amie ? L'adolescente n'osa pas faire part de sa réflexion, sachant que Jade ne croyait pas à de telles balivernes. Elles se remirent à remplir leurs valises. Jade entra dans la salle de bain et en ressortit avec une brosse à cheveux et un tube de crème solaire oubliés sur le comptoir de marbre.

Les occupants de la chambre 337 avaient pris le temps de préparer leurs bagages avant de se coucher. En effet, Arnaud et Jacob désiraient se baigner dans la mer une dernière fois avant de partir du Mexique. L'ex de Valérie avait très mal dormi. Il s'était retourné dans son lit toute la nuit. Même lorsqu'il avait tenté de se changer les idées avec la télé ou des jeux sur son téléphone, il n'avait pu chasser Val de sa tête. Il ne savait pas quoi faire ni quoi dire. Manquer de mots lui arrivait souvent. Dire des naiseries ou frapper lui était plus naturel que parler. Il avait souvent l'impression d'être né les nerfs à vif. Un rien le faisait détonner. Dès que le téléphone sonna pour les avertir de se lever, les gars enfilèrent leurs maillots de bain. D'après leurs calculs, ils auraient le temps de courir quelques kilomètres puis de se baigner avant de rejoindre les autres.

En arrivant à la plage, ils s'aperçurent qu'ils n'étaient pas les seuls à avoir eu la même idée. M. Antonin y patrouillait déjà. L'enseignant avait prévu que des élèves souhaiteraient faire un tour. D'ailleurs, Félix sortait de l'eau. Le nageur exceptionnel venait d'effectuer des longueurs dans la

　　　　Disparue chez les Mayas

mer. Pour calculer sa distance, il se donnait un point de référence, par exemple la chaise du sauveteur, et il nageait jusqu'à un second repère, le kiosque où on empruntait des kayaks et d'autres petites embarcations. Aujourd'hui, il estimait avoir fait au moins 40 longueurs. Tôt le matin, l'eau turquoise était tranquille et donc propice à la nage.

— Hé, Félix, lança Jacob.

— Salut.

— Pis, tu as fait beaucoup de longueurs ? demanda Arnaud, ayant passé l'éponge sur leur altercation.

— Pas pire…

— Pas pire pour toi et pas pire pour nous, c'est pas la même chose, plaisanta Jacob.

— Bah, une quarantaine d'allers-retours, précisa Félix avec un petit sourire en coin.

Les gars continuèrent à échanger pour un bref instant. Félix leur expliqua qu'après l'arrivée de ses parents, au milieu de la nuit, il avait dormi un bon deux heures avant de se réveiller à nouveau. C'est à ce moment qu'il avait opté pour un brin de natation, histoire de se changer les idées. Enfin, Jacob et Arnaud entreprirent leur course et Félix en profita pour regagner sa chambre et passer sous la douche. Contrairement à ses amis, il n'avait pas à ramasser ses affaires. Sa grand-mère avait payé pour prolonger son séjour. Elle souhaitait grandement que toute la famille, Valérie comprise, retourne à Ottawa ensemble.

Ayant vérifié sa montre à quelques reprises, Mme Santos décida de faire le tour des chambres afin d'inciter les élèves à se dépêcher. Elle cogna à toutes les portes. Lorsque ses ouailles ouvraient, elle leur demandait de prendre leurs valises avec eux en se rendant au déjeuner.

— Il y a une petite salle à côté de la salle à manger, vous pourrez y laisser vos bagages, expliquait-elle.

Enfin, tous les jeunes se présentèrent au déjeuner. M. Antonin et Mme Santos avaient fait le décompte. Pendant qu'ils sirotaient un café, les deux accompagnateurs virent la famille Brunet entrer dans la pièce. Les enseignants allèrent à sa rencontre.

— Monsieur et madame Brunet, nous sommes vraiment désolés…

— J'en suis certain, madame Santos, mais désolé ne change pas grand-chose, répondit M. Brunet d'un ton sec.

— Charles! intervint Ginette.

— On comprend que ce n'est pas votre faute, mais celle de ces voyous qui ont enlevé notre Valérie! poursuivit Nancy en retenant ses larmes, car se morfondre ne donnerait rien.

Le malaise s'installa dans la salle. Les élèves feignirent de ne rien voir. Charles passa son bras autour des épaules de son épouse tandis que les deux enseignants se consultaient du regard, ne sachant pas quoi dire. Enfin, Félix rompit le silence qui s'alourdissait.

— Bon, moi j'ai faim. On devrait manger, puis se remettre à virer la ville à l'envers.

— Bonne idée, mon grand, approuva Ginette.

Tout le monde passa à table. Les parents de Valérie mangèrent à peine. Étreints par la fatigue et les émotions, ils avaient de la difficulté à avaler. L'arrivée de *Tío* Sanchez signala aux lambineux qu'ils devaient engloutir rapidement ce qu'il restait

   Disparue chez les Mayas

dans leurs assiettes. Le chauffeur demanda aux jeunes qui avaient terminé de se rendre à l'autocar.

Devant l'hôtel, deux chasseurs se chargeaient déjà de placer les valises de la cohorte de L'Apogée dans les soutes à bagages sous l'autocar. Adossés à un palmier ou devant l'enseigne de Los Sueños, quelques élèves profitèrent des dernières minutes pour prendre des égoportraits. Puis, Mme Santos et M. Antonin vinrent leur demander de monter s'installer. Jacob, Jade, Geneviève et même Arnaud coururent voir Félix, qui se dirigeait vers le stationnement avec sa famille.

— Tiens-nous au courant, lui demanda Geneviève.

— On veut le savoir dès que vous trouverez Valérie, ajouta Jade.

— Oui, oui. C'est certain ! Je vous texte et je mets ça sur FB.

— Je ne sais pas trop ce qu'on peut faire, mais… si t'as besoin d'aide…, amorça Jacob.

— N'hésite pas, compléta Arnaud.

Voilà, l'ado avait réussi à dire quelque chose de positif sans s'embourber comme d'habitude. Félix remercia ses amis et leur souhaita un bon voyage de retour. *Tío* Sanchez appuya doucement sur le klaxon. Les quatre amis dirent au revoir à leur camarade avant de presser le pas vers l'autocar. Une fois tout le monde à bord, les responsables comptèrent les têtes, moins les deux Brunet, puis ils indiquèrent qu'on pouvait partir pour l'aéroport.

* *
*

De leur côté, Nancy, Charles, Ginette et Félix planifiaient leur journée. Les parents décidèrent d'aller parler aux médias. Ginette annonça qu'elle avait obtenu l'adresse du consulat à Cancún. Elle espérait que le gouvernement canadien l'aiderait à mettre de la pression sur le gouvernement mexicain. La grand-mère demanda à son petit-fils de l'accompagner afin qu'elle se sente plus en sécurité. Honnêtement, elle n'était pas inquiète, mais elle voulait que Félix se pense indispensable, surtout qu'il se culpabilisait toujours après l'enlèvement de sa sœur jumelle. Nancy et Charles quittèrent le stationnement dans leur Dodge de location, pendant que Ginette et Félix retournaient à leurs chambres afin de se préparer.

Arrivés sans encombre au journal *El Periódico de Quintana Roo*, les parents Brunet demandèrent à la réceptionniste de rencontrer un journaliste chargé des affaires criminelles. On les invita à patienter pendant que l'on vérifiait si Enrico Gomez était disponible. Après quelques minutes, un homme à la carrure imposante vint se présenter. Il tendit la main à Charles, puis à Nancy et les convia à le suivre à son bureau.

— *¿En qué puedo servirle?* En quoi puis-je vous être utile? leur demanda-t-il.

— Notre fille a disparu il y a trois jours, entama Mme Brunet.

Le couple raconta le rapt à tour de rôle. Ils montrèrent aussi une photo de Valérie. Le journaliste prit des notes. Il les laissa parler sans les interrompre. Il poserait ses questions après. Enrico Gomez prit la parole dès que les Brunet se turent.

— La police vous l'a certainement dit, mais plus le temps avance, plus ça sera difficile de retrouver votre fille. Je sais que ce n'est pas ce que vous voulez entendre, mais c'est la vérité.

— Oui, on le sait, mais…, protesta Charles.

— Mais, ce n'est pas désespéré. Dans les cas comme le vôtre, soit les ravisseurs l'ont déjà amenée très loin, soit elle est toujours dans la région. Je trouve navrant de vous avouer qu'il y a dans mon pays un marché pour l'enlèvement de fillettes et de jeunes femmes. Que ce soit pour la prostitution, l'esclavage, une rançon, ou le trafic de narcotiques, il y a toujours des gens prêts à payer très cher pour s'offrir de jolies étrangères.

— Est-ce que vous allez nous aider ?

— Absolument, madame ! J'ai deux filles, si quelque chose leur arrivait, je remuerais ciel et terre pour les retrouver. N'hésitez pas à communiquer avec nos compétiteurs, radio, télé, journaux… Ne dites pas à mon patron que je vous suggère ça, mais plus votre fille aura de visibilité, plus ses ravisseurs auront intérêt à la relâcher vivante…

— Ou morte, termina Charles en essuyant des larmes.

— Peut-être, admit M. Gomez.

En quittant les bureaux d'*El Periódico de Quintana Roo*, le couple se félicita d'avoir trouvé une oreille attentive. Le journaliste leur avait promis qu'il y aurait un article et la photo de leur fille dans l'édition du lendemain matin, et qu'il afficherait aujourd'hui un avis de recherche sur le site Internet. Charles entra les coordonnées de *Radio Turquesa* dans le GPS de la voiture et il démarra. À la station, Nancy et Charles recommencèrent à raconter la tragédie qui les frappait. Le producteur de l'émission matinale accepta de diffuser un avis de recherche et de le répéter à trois reprises. Il leur promit plus de publicité si les forces policières organisaient une conférence de presse.

*   *

*

Driiiiiing! L'ado finit d'étendre la crème solaire qu'il s'appliquait sur les joues avant de répondre au téléphone.

— Oui, allô?

— Félix, n'oublie pas ton passeport, lui rappela sa grand-mère. Comme ça, on pourra leur montrer qu'on est bien citoyens canadiens.

— Je l'ai déjà dans mes poches, M. Antonin me l'a remis, et celui de Val, avant de partir. Je vais être prêt dans cinq minutes.

— OK, on se rencontre à l'auto.

Pendant que Ginette conduisait la Beetle en direction de Cancún, Félix alluma la radio afin d'écouter de la musique pour se changer un peu les idées. Entre deux chansons, une annonce le saisit à la gorge. Malgré qu'elle soit en espagnol, il parvint à en comprendre deux mots : Valérie Brunet. Ginette lui traduisit la suite.

« Une jeune Canadienne de 17 ans est portée disparue. Vous pouvez voir sa photo sur notre page Facebook. Si vous voyez cette grande blonde qui s'appelle Valérie Brunet, veuillez contacter la police ou la station de radio. »

Entendre ce message rendait la disparition bien plus réelle, mais le frère était heureux que ses parents aient réussi à convaincre les médias

   Disparue chez les Mayas

de diffuser des informations à propos de sa sœur. Maintenant, ils seraient plus nombreux à tenter de la retrouver. Cette petite victoire lui parut encourageante. Peut-être avait-il sous-estimé les ressources locales et même les enquêteurs.

* *
*

Ramirez et Jiménez s'entretenaient au téléphone depuis une bonne vingtaine de minutes pour se mettre à jour dans le dossier. L'enquêteur de Tulúm avait obtenu des pistes par un détenu qui souhaitait collaborer afin d'alléger sa sentence. Un séjour en prison mexicaine était loin du Club Med, encore plus quand on n'avait pas de famille qui venait nous nourrir. C'est pourquoi il avait résolu de briser l'omerta malgré sa crainte des représailles.

— Il m'a dit qu'il connaissait des gars qui faisaient disparaître des gens afin de les faire travailler contre leur gré dans des ateliers de misère, sur des coins de rues ou dans l'exportation de poudre vers les États-Unis. Ils se promènent dans les coins touristiques, et puis hop, quand personne ne regarde, ils passent les touristes au chloroforme et les balancent dans la benne de leur camion, expliqua Jiménez.

— Ça ne me surprend pas, Manuel. J'ai parlé à des prostituées que je connais bien, mais aucune des nouvelles recrues ne répondait à la description de Valérie Brunet. En tout cas, merci pour l'information. Je vais charger des patrouilleurs de circuler dans les zones industrielles et les endroits habituels où se fait le trafic.

*   *

*

À bord de l'avion pour Ottawa, Carmela Santos tentait de suivre le scénario du film. Toutefois, le fait de revenir avec deux élèves en moins l'empêchait de se concentrer. L'enseignante sentait qu'elle avait échoué dans sa tâche de protéger tous les jeunes sous son aile. Elle demanda à l'agent de bord de lui servir un thé à la menthe. Cet élixir lui permettait toujours de se calmer quand elle avait des soucis.

Les ados comparaient leurs photos et leurs t-shirts décorés de messages et d'illustrations cocasses. Dans la rangée 24, Geneviève et Jade étaient moroses. Certes, elles avaient bien aimé leur voyage, mais s'en voulaient de revenir au Canada sans leur bonne amie.

— On aurait pu demander à nos parents de nous laisser rester plus longtemps pour aider à retrouver Valérie.

— Oui, mais, je connais les miens et ils auraient dit non. Après qu'ils ont su à propos de Val, ils n'arrêtaient pas de m'appeler. « Jade par ci, Jade par là... »

— Peut-être pas, les Brunet sont là et donc, il y aurait eu des adultes...

— Voyons Gen, ils doivent être tellement paquets de nerfs qu'ils ne voudraient pas surveiller deux personnes de plus.

— Ouais, t'as raison... mais... il me semble qu'on aurait dû faire plus... on est les dernières à l'avoir vue...

— Je l'sais. Je m'en veux tellement ! On aurait dû l'accompagner aux toilettes. Si nous étions restées en groupe, personne n'aurait osé l'enlever, se reprocha Jade.

Les filles savaient bien qu'elles ne pouvaient rien faire. Parler leur permettait de se sentir un peu mieux.

Arnaud regardait les nuages par le hublot. Lui non plus n'était pas dans son assiette. Plusieurs de ses camarades avaient encore émis des hypothèses où on le blâmait. « Je sais bien que je n'ai pas toujours été correct avec Val, mais je ne l'aurais jamais fait disparaître ! Il me semble qu'il faut être cave en maudit pour penser ça ! » se dit-il. Il sombra dans un certain mutisme et tenta de se faire oublier. Au bout d'un moment, se sentant coincé dans son siège, le grand gaillard décida d'aller se dégourdir un peu les jambes. Il s'excusa et effectua quelques contorsions pour finalement réussir à sortir de la rangée où il était assis. En passant, il écrasa le pied gauche de la passagère près de l'allée. La femme foudroya l'adolescent du regard. Arnaud s'excusa et s'empressa de s'éloigner. En quelques pas, il se rendit complètement à l'arrière de l'appareil, où il en profita pour faire quelques étirements. Le jeune homme se sentait déjà mieux. En se penchant pour toucher ses orteils, il vit quelque chose qui reluisait sur le sol, près de la porte des toilettes. Au moment où il mettait la main sur un bracelet doré, la porte s'ouvrit et M. Cadieux en sortit.

— Arnaud ! Qu'est-ce que tu fais là ? demanda-t-il, d'une voix impatiente.

— Ben, j'm'étire, c't'affaire !

— Oui, oui, c'est ça. Dis donc, pourquoi t'étais accroupi jusqu'à terre ? T'essaies d'espionner ou quelque chose ?

– Pantoute, vous avez quelque chose à cacher ? J'ai vu un objet brillant pis je me suis penché pour le ramasser. Vous êtes sorti en même temps, ajouta-t-il en montrant le bijou.

– Donne-moi ça !

Le directeur empoigna le bracelet, l'admira un instant puis le glissa dans sa poche de chemise.

– Aye ! C'est pas à vous ! C'est moi qui l'ai trouvé. Il doit y avoir une femme qui l'a perdu.

– Bien là, c'est à moi. Toi, tu ne saurais pas quoi faire avec. Tu essaierais de l'échanger contre une bouteille de téquila bon marché. Je le remettrai aux autorités.

– Moi, je ne fais rien de mal, pas comme vous au Coco Bongo !

L'échange s'intensifia entre les deux. Quelques passagers tournèrent la tête et suivirent la scène. Finalement, deux agents de bord intervinrent et leur demandèrent d'aller s'asseoir immédiatement. La compagnie aérienne prenait bien au sérieux tout comportement agressif pendant les vols. De retour à sa place, Arnaud bouillait toujours de rage. « Non, mais pour qui il se prend ? Il est toujours dans mes jambes. C't'un gars pas correct. Y m'écœure ! »

Lorsque les roues de l'avion touchèrent le tarmac, Carmela Santos laissa échapper un soupir de soulagement. Au bout d'une vingtaine de minutes, tous les élèves la suivirent jusqu'au poste des douanes. Heureusement, il y avait de nombreux douaniers et donc, les contrôles furent rapides. Leurs bagages en main, les jeunes voyageurs franchirent les portes coulissantes menant à l'extérieur de la zone des arrivées internationales. Une foule de gens les attendaient. Des parents avaient pris le temps de fabriquer des affiches avec les noms de leurs enfants, comme dans les films. M. Antonin salua sa collègue, Mme Duplessis, la travailleuse sociale de l'école ainsi que le psychologue du conseil et une des surintendantes. L'enseignant comprit qu'on souhaitait offrir tout le réconfort nécessaire aux élèves encore affectés par la disparition d'une des leurs.

*   *
*

On m'apporte un déjeuner copieux, comparativement à ce que j'ai reçu les autres matins. On me remet un sac de plastique dans lequel je trouve un petit pain de savon et une minibouteille de shampoing, comme celles que l'on retrouve dans les hôtels. Il y a aussi une serviette, une paire de sandales, des sous-vêtements, un bandana, une blouse et une jupe. On m'ordonne d'aller me laver et de me changer. Je m'inquiète spontanément de ce changement à la routine. Cependant, je n'ose pas remettre mes gardiens en question.

Ce n'est vraiment pas évident de se laver le corps, et surtout les cheveux, dans un lavabo lilliputien. Rincer le shampoing de ma longue tignasse me demande certaines contorsions, mais j'en viens à bout. Après m'être essuyée, j'enfile les vêtements, heureuse qu'ils soient propres même s'ils ne me font pas très bien. On cogne à la porte. Je place mes vêtements sales dans le sac et je sors. Un des ravisseurs me signale de lui remettre le sac. L'autre me lie les mains derrière le dos, puis il me guide vers l'extérieur. Avant de quitter ma prison, je hasarde un regard vers Sophie. Elle semble au bord des larmes une fois de plus. Sans doute est-elle terrifiée qu'on la laisse seule. J'aimerais la réconforter, toutefois, je ne crois pas que mes geôliers apprécieraient. Alors, je lui offre discrètement un sourire. On me fait arrêter sur le seuil de la porte. Là, on m'enlève rudement le bandana avec lequel je me suis attaché les cheveux. L'homme s'en sert pour me masquer les yeux.

J'avance à tâtons. Un des kidnappeurs m'aide à me hisser dans la camionnette. Cette fois, j'ai le luxe de prendre place sur un strapontin à l'arrière de la cabine. Je me trouve à l'étroit, mais c'est tout de même mieux que d'être couchée dans la plateforme arrière. J'entends les deux portières se refermer, puis l'insertion de la clef dans le contact et le moteur qui se met à ronronner. On part.

J'essaie de calculer le temps du trajet. On arrête rarement, donc pas de feux de circulation. Nous devons être sur une autoroute... Je perds le compte, mais je crois qu'on roule pendant environ quinze minutes. Enfin, nous descendons du véhicule. On me pousse devant, puis, un de mes kidnappeurs m'enlève mon bandana. Je cligne des yeux deux ou trois fois, car je dois m'habituer à la lumière aveuglante des néons fluorescents suspendus au plafond. Je me trouve dans une grande usine. Je vois plein de femmes de tous les âges, qui travaillent soit aux machines à coudre, aux fers à repasser ou aux presses. Ici et là, des gardiens armés circulent entre les diverses stations. Mon arrivée ne semble pas perturber le travail. Sans doute les dames sont-elles habituées à de telles entrées.

Un homme qui boite vient nous rejoindre. Il parle quelques secondes avec mes ravisseurs. Bien que mes connaissances de l'espagnol soient pas

                                    Disparue chez les Mayas

mal bonnes, je ne comprends pas leur échange. Ils doivent parler un dialecte régional qui m'échappe. Puis, le boiteux me prend par le bras et m'attire vers une porte au fond de l'aire de travail. Mes geôliers quittent la fabrique. L'homme relâche mon bras une fois que je me trouve devant la porte rouillée. Il fait signe à la dame qui manipule la machine à ma gauche d'approcher.

— Do you speak English? Parles-tu anglais? demande-t-elle.

Je lui réponds que oui. Ensuite, l'homme ouvre la porte et nous pousse à l'intérieur. Je suis soulagée qu'il s'éloigne dès que nous pénétrons dans la pièce. La salle est meublée de quatre grandes tables avec des bancs. À gauche, une fenêtre semble donner sur une cuisine. Tout au fond, trône un divan en similicuir. La femme m'invite à venir m'y asseoir avec elle.

— Bonjour, je m'appelle Lauren. Dis, tu veux une cigarette?

— N... non... merci.

— C'est quoi ton nom? demande-t-elle avant d'en allumer une.

— Ah... pardon... Je m'appelle Valérie Brunet... Est-ce que tu travailles pour... pour eux?

— Non! Jamais! Je travaille pour... rester en vie.

— Tu... tu...

— Tu t'es fait enlever? C'est ça que tu veux savoir? Oui, tout comme toi.

J'observe la femme qui a vécu un traumatisme comme le mien. Ses cheveux bouclés sont retenus par un cordon. Malgré la longue cicatrice qui lui traverse le visage, ses yeux émeraude demeurent brillants.

— Écoute, on n'a pas beaucoup de temps. Un des hommes va bientôt passer pour voir comment avance ta leçon.

— Quelle leçon ?

— Ces salauds ne nous kidnappent pas pour le plaisir. Ils veulent qu'on leur soit utile, qu'on se salisse les mains à leur place. Toi, tu vas t'occuper de la livraison d'un produit. Je vais te montrer diverses façons de transporter l'inventaire... sans te blesser ou te faire blesser, ajoute-t-elle à voix basse.

— Le produit ? Mais quel produit ? Les t-shirts que vous imprimez en avant ?

— Chérie... moins tu en sais, mieux c'est. Alors, pour commencer, tu n'auras que des petites commandes. C'est plus facile, car tu peux dissimuler ta marchandise dans une chaussure, dans une poche ou même dans tes cheveux. On va se pratiquer toute la journée. Comme ça, tu ne devrais pas avoir de problème, ajoute-t-elle avec un regard encourageant.

J'ai la nette impression qu'elle me cache les réels dangers de la tâche qu'on m'impose. Je ne suis pas sotte, je deviendrai une mule. J'ai vu plein de bulletins de nouvelles où on arrête de jeunes femmes qui transportent des narcotiques dissimulés sous leurs vêtements... ou dans leur estomac. Beurk ! Pourvu que je ne sois pas obligée d'avaler des sachets remplis de cocaïne !

— Dis, comment t'as appris ce que je dois faire ?

— Il n'y a pas si longtemps, c'était moi la petite nouvelle à qui on a montré comment s'y prendre. Je sais que c'est navrant de penser à ça, mais j'étais bonne... du moins jusqu'à mon... accident.

   Disparue chez les Mayas

Là c'est trop facile de m'identifier avec une grosse cicatrice comme ça au milieu de la face. Maintenant j'imprime des t-shirts... le commerce légitime des « patrons ».

– C'est horrible tout ça !

– Oui, mais c'est quand même moins pire que ce qui arrive à d'autres filles. Surtout quand tu es jolie, c'est possible de leur rapporter une jolie somme dans la prostitution ou le trafic de personnes.

Toute cette information me choque. Je n'arrive pas à retenir mes larmes. Dans quelle galère est-ce que je me trouve ? Lauren me tend un mouchoir. Puis, elle reprend la leçon, en m'expliquant l'importance de se pratiquer afin d'éviter les erreurs, sévèrement punies.

Le cri strident d'un sifflet met fin à la conversation. Je n'entends plus le ronronnement des presses et des machines à coudre. La quarantaine de femmes qui travaillent dans la manufacture entrent dans la pièce où on se trouve. Une fois dans la salle, elles se mettent à bavarder tranquillement. Ma mentore me tend un verre d'eau et une orange. C'est l'heure de la pause. Les ouvrières ont dix minutes pour boire, manger et passer aux toilettes. Sinon, il faut attendre l'heure du dîner. Les dix minutes s'écoulent tellement rapidement que je n'ai pas le temps de poser d'autres questions. J'aimerais savoir si toutes les femmes qui travaillent dans cet atelier de misère se sont fait enlever, comme moi. En moins de deux, tout le monde est de retour à sa station, en train d'effectuer des mouvements quasiment robotiques.

Je suis affamée quand le sifflet du dîner retentit. On me sert un bol de chili con carne sans beaucoup de « carne ». Lauren me fait signe de venir m'asseoir à ses côtés. Tout près, une fille blême, qui doit avoir mon âge, mange très lentement. J'apprends qu'au cours de la matinée, la chaleur étant devenue de plus en plus suffocante, cette jeune s'est évanouie. Elle est chanceuse que le fer à repasser qu'elle manipulait soit tombé par terre et non sur elle. Un des gardiens lui a appliqué une solide gifle en plein visage. La travailleuse a repris conscience, une main forte s'est glissée sous son aisselle et hop, elle était debout à nouveau et de retour à la tâche ! Je n'en reviens pas que l'on traite les employées de la sorte. Je réalise alors mon erreur ; il ne s'agit pas d'une employée : cette adolescente est une esclave... comme moi ! L'histoire qu'on me raconte m'enlève l'appétit. Mon amie, oui, je crois que je peux l'appeler ainsi, s'en aperçoit et m'encourage à manger... pendant que c'est encore possible. Entre deux bouchées, j'en profite pour me présenter au groupe.

— Bonjour, je m'appelle Valérie... je viens du Canada.

À tour de rôle les autres font de même et me dévoilent leur pays d'origine. Il y a Lauren et l'adolescente, Jenny, qui sont Américaines, tandis que Meredith ainsi que Blossom sont Britanniques et Jacynthe est Canadienne. Elles sont les seules qui parlent anglais ou français, précise cette dernière, une francophone du Nouveau-Brunswick.

— Est-ce que vous vous êtes toutes fait kidnapper ?

— Oui, me répond timidement Jenny.

— Je ne le crois pas pour les Mexicaines, précise Blossom.

— Elles travaillent surtout par peur, dit Lauren.

   Disparue chez les Mayas

— Ou par nécessité, rajoute Meredith.

— Elles se font payer, j'en suis certaine ! Elles arrivent ici d'elles-mêmes, pas les mains liées derrière le dos et les yeux bandés comme nous ! s'emporte Jacynthe.

— Chut ! fait Lauren en la grondant du regard. Il ne faut pas attirer l'attention sur nous, dit-elle plus doucement.

— Désolée, fait la Néobrunswickoise. Eh, Valérie, est-ce que tu vas travailler dans l'atelier avec nous ?

— Non... elle aura d'autres tâches, s'empresse de répondre ma mentore.

Les femmes baissent les yeux, elles doivent penser aux alternatives peu attrayantes. Nous devons couper notre conversation, il nous reste à peine quelques minutes pour engloutir notre ration. Je suis bien heureuse d'avoir rencontré ces femmes. Je me sens moins seule et je ressens un certain espoir. Peut-être qu'ensemble nous allons trouver un moyen de nous sauver.

Maintenant que le dîner est terminé, Lauren et moi nous retrouvons en tête à tête à nouveau. J'ai un peu de temps pour apprendre à la connaître. Ma compagne s'est fait enlever il y a plus d'un an, en allant magasiner dans un petit marché. Elle était venue en vacances avec son mari et leurs deux enfants. J'écoute son histoire qui ressemble tant à la mienne. La dame dans la fin trentaine s'efforce de retenir ses larmes en évoquant ses enfants, des jumeaux, Ryan et Bryan.

— Moi aussi, j'ai un frère jumeau !

— Ah oui ? Les miens doivent être en quatrième année maintenant. C'est tellement difficile de n'avoir aucune nouvelle d'eux. Même si je

réussissais à retourner chez moi, je ne sais plus s'ils y seraient toujours. Mon mari est militaire, nous déménagions souvent. Avant mon rapt, nous demeurions à Washington.

— Je suis persuadée qu'en appelant l'ancienne base de ton mari, tu pourrais le retrouver. Il pense sûrement à toi chaque jour...

— Non. Tout le monde doit me croire morte. Je suis portée disparue depuis si longtemps, réplique-t-elle, une pointe de résignation dans la voix.

　　　　Disparue chez les Mayas

CHAPITRE 15

Et de quatre !

Nancy et Charles Brunet étaient assis dans le bureau de Ramirez. L'inspecteur leur fit regarder la vidéo de la billetterie de Tulúm en mode accéléré. Ginette avait réussi à le convaincre de son importance et elle avait même payé pour qu'un consultant, un policier à la retraite, soit embauché quelques heures, le temps d'étudier l'enregistrement. Une liste des minutes susceptibles d'intéresser Ramirez lui fut transmise par la suite, étant donné qu'il ne pouvait la visionner en entier. Lorsque Valérie passa à l'écran, les parents eurent un pincement au cœur. Ramirez appuya sur pause à quelques reprises afin de donner des explications.

— Vous voyez ce gars-là, avec la casquette des Yankees ? Eh bien il a un dossier criminel, mais c'est un *pickpocket*, pas un kidnappeur. Puis, l'autre là, avec la chemise hawaïenne, c'est un fraudeur. Il vend des condos qui n'existent pas aux touristes crédules.

— J'en déduis que vous n'avez pas trouvé de suspect plausible, avança Nancy.

— C'est exact. Toutefois, ça ne veut rien dire. Notre banque de données contient des renseignements sur tous les criminels qui se sont fait arrêter au Mexique. Cette vidéo montre surtout des touristes, probablement innocents, sur lesquels nous n'avons rien. Identifier tout ce monde-là, c'est pratiquement impossible. Pourtant, une de ces personnes a sans doute enlevé votre fille.

— OK, voyons la liste des employés. Qu'est-ce qu'il en est ? demanda Charles.

— Le même scénario se répète. On y trouve les noms de quelques délinquants épinglés pour des escroqueries mineures, mais aucun criminel lié au trafic d'êtres humains.

— Alors, allez-vous interviewer tous les criminels vus sur le site le jour de l'enlèvement ? Ou est-ce qu'il faut que je m'adresse à votre superviseur... ou aux médias pour ça ?

— Non, non... ça ne sera pas nécessaire, M. Brunet. Je vais faire tout ce que je peux. Mon homologue à Tulúm et moi suivons actuellement quelques pistes. Nous communiquons aussi tous les jours avec les hôpitaux, les aéroports et les terminus, sans oublier que des patrouilleurs sillonnent Cancún. Lorsque Valérie refera surface, nous serons là, dit-il avec conviction.

Les parents remercièrent le policier pour sa coopération. Avant de partir, ils lui donnèrent leurs numéros de portables et le supplièrent de les appeler, peu importait l'heure, s'il avait des nouvelles.

En se rendant à la voiture, Nancy mentionna qu'elle avait faim et suggéra de trouver un endroit où dîner, quoique l'après-midi fût déjà fort avancé. Charles acquiesça. Tout en mangeant, le couple élabora des stratégies. Nancy proposa d'offrir une récompense à quiconque leur ramènerait Valérie. Ils avaient déjà fait le tour des stations de radio et de télé, sans compter les journalistes de la presse écrite auxquels ils avaient parlé, mais ils allaient se remettre à faire des appels afin d'ajouter ce détail.

— Nancy, je pense que c'est une bonne idée! Quel montant devrait-on offrir?

— Assez pour que ce soit alléchant, mais pas trop, sinon les kidnappeurs croiront qu'ils peuvent exiger une rançon faramineuse, suggéra-t-elle.

— T'as raison. On devrait même l'offrir en dollars américains. Ç'a la cote ici.

Le couple s'entendit sur un montant, puis chacun dévora le restant de son plat afin de pouvoir commencer illico à téléphoner.

— Oui, M. Gomez, vous avez bien compris. Nous offrons une récompense de 10 000 $ américains à quiconque nous ramènera notre fille saine et sauve.

— C'est noté, M. Brunet. Je vais l'ajouter dans l'article qui paraîtra demain matin. Merci de m'en avoir avisé. À bientôt.

Toujours assis au restaurant, Charles et Nancy venaient de reparler à tous les journalistes qu'ils avaient rencontrés en avant-midi. Le couple espérait grandement que la promesse de plusieurs milliers de dollars suffirait. Mme Brunet eut l'idée de faire des affiches avec la somme promise et de les envoyer par télécopieur au plus grand nombre possible de commerces. Les posters s'ajouteraient à ceux qu'avaient créés les jeunes de l'Apogée. Ils obtinrent de la serveuse l'adresse d'une entreprise qui combinait papeterie et café Internet, non loin de là. Les parents mirent leur plan en action, sans toutefois apaiser leur sentiment d'impuissance.

Oui, ils avaient rencontré l'inspecteur Ramirez, oui, ils avaient contacté une multitude de journalistes et oui, ils avaient offert une récompense et distribué des affiches. Toutefois, tant que Valérie n'était pas de retour indemne, ils sentiraient qu'ils n'en avaient pas fait assez. Ils parcoururent les rues de Cancún, à l'affût des ruelles douteuses et des quartiers malfamés où les malfaiteurs pouvaient cacher leur fille.

La sonnerie du cellulaire de Charles leur donna un brin d'espoir. La fonction mains libres permit à sa conjointe de suivre la conversation avec l'inspecteur Ramirez, qui vérifiait si la promesse de récompense qu'il avait entendue à la radio était bien réelle. Après confirmation, il les avisa d'être prudents, car un tel montant attirerait toutes sortes de gens.

– J'ai d'autres nouvelles. L'inspecteur Jiménez, de Tulúm, m'a acheminé la vidéo du stationnement du site. À mon tour, je l'ai transférée au même consultant qui a visionné l'enregistrement de la billetterie. Valérie apparaît à l'écran.

– Quoi ? Vous l'avez vue là aussi ? demanda Charles, incrédule.

– Oui, c'était bien elle, aucun doute possible. On la voit marcher, elle semble un peu nerveuse. Puis, on voit un homme qu'on ne peut pas identifier. Soudainement, elle n'est plus là. Je sais que l'angle de la caméra ne capte pas tout, mais elle disparaît trop vite pour que ce soit naturel. Le prochain mouvement discernable est celui d'une camionnette qui s'en va. Mon collègue a réussi à zoomer sur une partie de la plaque d'immatriculation. Il tente maintenant de combler les vides.

Je suis convaincu qu'il pourra bientôt trouver le modèle de camion correspondant à la plaque.

— C'est une bonne nouvelle ! s'exclama la mère.

— Ça ne veut pas dire que nous mettrons la main au collet du chauffeur. Cependant, la séquence où l'on voit le camion est trop proche de la dernière prise de vue de Valérie pour qu'il s'agisse d'une simple coïncidence, ajouta Ramirez.

L'avertissement du policier s'avéra judicieux. En après-midi, le père reçut trois appels frauduleux. Une jeune femme se fit passer pour Valérie et leur demanda de l'aide. Elle disait être en danger et les priait de déposer l'argent de la récompense dans la benne d'une camionnette garée devant une épicerie. Le père raccrocha sans lui donner le temps de finir. Ce n'était pas la voix de sa fille. Sans compter qu'elle ne parlait pas français ! Ce fut l'appel le plus cocasse. Plus tard, M. Cadieux, Mme Santos ainsi que M. Antonin firent un appel conférence pour savoir s'il y avait du nouveau dans l'enquête. À l'exception de la vidéo du stationnement, Charles et Nancy n'avaient rien à leur annoncer.

*   *

*

Après avoir garé la Beetle, Ginette et Félix marchèrent jusqu'à l'entrée du consulat, qui donnait sur l'artère principale de la ville, le boulevard Kukulkan. Le drapeau canadien qui battait au vent fièrement devant l'édifice leur remonta le moral. À l'intérieur, un garde mexicain leur demanda de s'identifier et d'indiquer la raison de leur visite. L'homme consulta leurs deux passeports. Ensuite, il leur fit signe de passer au comptoir de la réceptionniste, qui leur posa quelques questions avant de composer un numéro. Elle attendit quelques instants, puis avisa quiconque était au bout du fil que M. et Mme Brunet souhaitaient parler avec le consul ou un vice-consul à propos d'une disparition.

– Ça ne devrait pas être trop long. Vous pouvez vous asseoir, dit-elle en désignant quelques chaises placées le long du mur, en face de son poste de travail.

Après quelques minutes d'attente, une femme arriva par une porte au fond de l'aire d'accueil. Elle vint à la rencontre de Félix et de sa grand-mère. Quand la dame blonde leur tendit la main, Ginette observa les trois bracelets de perles qui ornaient son poignet ainsi que sa délicate bague en or.

– Monsieur et madame Brunet? Bonjour, je suis Josée Papineau, consule du Canada à Cancun. Mes services s'occupent d'aider les ressortissants canadiens dans de multiples circonstances, comme la perte ou le vol de passeports, l'enlèvement d'un enfant par un parent et, plus rarement, la disparition de personnes... Notre réceptionniste m'a déjà fourni quelques détails, cependant j'aimerais tout savoir à partir du début. Je m'excuse à l'avance de vous faire répéter votre histoire, mais je dois être à jour sur tout ce qui s'est passé exactement.

– Absolument, merci de nous recevoir, madame Papineau. Sachez que je répéterais mille fois l'information si j'étais certaine de retrouver ma petite-fille, répliqua Ginette avant de raconter la tragédie qui affligeait sa famille.

Dans le bureau s'entremêlaient la voix de la grand-mère, le bruissement de l'air climatisé et le cliquetis des touches du clavier pendant que

   Disparue chez les Mayas

l'agente gouvernementale prenait des notes. À l'occasion, elle posait des questions afin de clarifier le récit de la disparition. Félix fournit des renseignements supplémentaires et montra une photo de Valérie sur son téléphone. L'échange dura une quinzaine de minutes.

— Je suis vraiment désolée, Mme Brunet, et soulagée de savoir que vous avez alerté la police et qu'elle prend la disparition de votre petite-fille au sérieux. Nous ferons les suivis nécessaires auprès des forces policières ici et au Canada, afin que tous les intervenants soient avisés.

— D'accord, mais ce ne sera pas assez ! s'exclama Félix, demeuré calme jusque-là.

— Je comprends, mais c'est la pratique courante, répliqua la diplomate. Le gouvernement canadien ne peut pas s'ingérer dans l'enquête policière d'un autre pays. Nous ne pourrions intervenir que si les policiers mexicains demandaient la coopération des forces policières canadiennes via Interpol.

— Mais voyons ! Il faut que les médias de chez nous, autant que ceux d'ici, et surtout notre gouvernement, mettent de la pression sur le Mexique ! s'emporta l'adolescent.

— Félix, dit Ginette en posant une main sur le bras de son petit-fils.

— Regarde, Félix, je te comprends. Si ma sœur disparaissait, je ferais tout moi aussi pour la retrouver. Cependant, il y a des lois à respecter pour garder de bonnes relations diplomatiques et économiques avec les autres pays à travers le monde, répondit Mme Papineau tranquillement. Vous êtes libres de communiquer avec les médias, mais le consulat ne le fera pas, car il risquerait d'enfreindre la Loi du Canada sur la protection des renseignements personnels. Je l'ai déjà dit, les services consulaires ne peuvent pas organiser d'enquêtes ou d'activités de recherche dans un pays étranger, même pour trouver des citoyens qui sont portés disparus. Ni moi ni mes collègues ne sommes des policiers.

– Je comprends, mais c'est juste que...

Voyant que ça ne servirait à rien, Félix ne termina pas sa phrase. La diplomate promit de les tenir au courant des démarches qu'elle entreprendrait et de toute information qui lui parviendrait. Puis, avant de les escorter jusqu'à la sortie, elle souhaita à ses visiteurs que leur famille soit de nouveau réunie.

Elle passa à la cuisinette afin de se préparer un thé. Pendant que l'eau bouillait, elle pensa à la triste histoire de Valérie Brunet. Mme Papineau aimait bien son travail, surtout lorsqu'elle pouvait aider des voyageurs mal pris, ou ramener à bon port un enfant emmené sans permission par un conjoint. En règle générale, ces cas se bouclaient rapidement et de façon satisfaisante. Dans un cas de disparition et peut-être même d'enlèvement par des étrangers, elle trouvait navrant de ne pouvoir faire plus. Quand la bouilloire siffla, elle versa l'eau dans sa tasse à motif hivernal canadien peint à la main. Ce cadeau de sa meilleure amie se voulait un rappel de ses origines. Pendant que le thé infusait, la réceptionniste entra dans la cuisinette.

– J'ai un homme au téléphone, Josée. Sa fiancée a disparu. Ils étaient ici pour se marier cette semaine.

– Quoi ? Une autre ! Ça en fait quatre dernièrement... Demande-lui la description habituelle. S'il le souhaite, il peut venir me rencontrer cet après-midi. Toutefois, tu connais les consignes. Je peux l'aider à communiquer avec les policiers, mais je n'ai pas de pouvoirs d'intervention.

Après la visite plutôt décevante au consulat, Ginette hésitait à choisir leur prochaine destination. Elle pouvait se promener d'hôtel en hôtel et montrer partout la photo de Valérie, retourner sur les lieux de la disparition était aussi envisageable. Finalement, elle opta pour Plaza 21, un quartier de divertissements malfamé, dans l'espoir d'y retracer la piste de Valérie. « C'est commun, lorsqu'une fille est enlevée, qu'on la fasse voyager loin afin que ce soit plus difficile de la retrouver et pour que cette dernière ne puisse pas retrouver son chemin si elle parvient à se libérer. On drogue aussi fréquemment les filles et on les force à faire des choses… », pensa-t-elle.

Quelques minutes s'étaient écoulées. Ginette et son petit-fils étaient assis dans la voiture sans avoir démarré. Félix trouvait sa grand-mère bien peu communicative. Pour rompre le silence, il demanda si elle pouvait mettre la voiture en marche afin de profiter de l'air climatisé ; il crevait de chaleur. Ginette sortit alors de ses songes et lui dit qu'ils sillonneraient les rues de la ville à la recherche de sa sœur. La grand-mère se promit de mieux dissimuler son inquiétude à l'avenir.

En soirée, les quatre Brunet se rassemblèrent dans le grand restaurant de l'hôtel Los Sueños. Ils parlèrent des frustrations de leur journée. Puis, ils allèrent marcher longuement sur la plage tout en regardant le ciel étoilé et en écoutant les vagues qui venaient lécher le sable. Cette promenade se fit dans un silence quasi funèbre. Chacun réfléchissait, assailli par une multitude de questions. Où pouvait donc être Valérie ? Pourquoi l'avait-on enlevée ? Quand la retrouverait-on… et dans quel état ? La famille envisageait une autre nuit sans sommeil.

* *

*

Je me réveille en entendant des sanglots. Ça me prend un instant avant de me rendre compte que Sophie pleure doucement à mes côtés. J'aimerais bien lui passer un mouchoir pour essuyer ses larmes, mais avoir les bras liés à la tête du lit rend cette tâche impossible. J'opte alors pour des paroles réconfortantes.

— Tu sais, Sophie, ça pourrait être pire… Au moins, ils nous nourrissent et surtout… ils ne nous frappent pas. Ma journée d'hier a été surprenante, mais je suis quand même revenue en un morceau.

Mon choix de mots n'est pas nécessairement le meilleur. Je tente alors de l'encourager en lui reparlant des autres jeunes femmes que j'ai rencontrées. Certaines sont là depuis plusieurs mois et elles semblaient en bonne santé. Entre deux reniflements, Sophie m'accuse.

— Non, mais ça va pas, toi ? Tu souffres du syndrome de Stockholm, à sympathiser comme ça avec nos kidnappeurs !

— J'essaie seulement de trouver un peu de positif pour te consoler. T'es chanceuse qu'on soit deux. Moi, j'ai passé des jours toute seule sans savoir ce qui allait m'arriver. Crois-moi, c'était bien plus épeurant !

— T'as… t'as raison… j'm'excuse. C'est insoutenable d'être ici… surtout que je devrais

                    Disparue chez les Mayas

être en train de me préparer pour mon mariage, aujourd'hui même.

Une fois le mot en « m » sorti de sa bouche, elle se met à pleurer de plus belle. Je comprends que le rêve de princesse épousée au bord de la mer et la réalité de prisonnière ligotée sur un lit ne vont pas de pair. Malheureusement, il n'y a pas d'autre option. Je m'apprête à lui dire qu'au moins, sa famille et ses amis arrivés pour la noce doivent être en train d'organiser une battue pour la retrouver. Sur les entrefaites, nos geôliers entrent dans notre cellule avec le déjeuner. Je l'avale en quelques bouchées, avant qu'on me bande les yeux pour la seconde journée de suite.

Ce matin, j'arrive à la manufacture en même temps que les autres, et donc plus tôt. Un gardien donne un coup de sifflet et toutes les ouvrières se mettent à la tâche. Un instant, on n'entend que le léger « swoush, swoush » des ventilateurs suspendus au plafond, puis c'est la cacophonie des machines à coudre et des presses.

Occupée à broder le logo d'une équipe de soccer mexicaine sur un chandail, Lauren me fait signe de patienter un instant. Dès qu'elle termine la broderie, elle éteint sa machine et m'invite à la suivre dans la salle du fond. Une fois la porte close, elle me fait part de ma première mission.

— J'espère que t'es prête Valérie, car aujourd'hui tu vas devoir effectuer ta première transaction.

La panique me saisit. C'était bien beau les exercices de passe-passe avec elle, mais là c'est pour de vrai. Je ne m'attends pas à la prochaine surprise. Lauren m'aide à teindre ma tignasse blonde en un châtain foncé. Une fois la coloration séchée, mon amie me tend une pile de vêtements. Je la regarde d'un œil interrogateur.

— Il faut que tu sois habillée comme une touriste. Allez, enfile cette tenue, pendant que je regarde ailleurs.

Je profite ainsi d'un peu d'intimité pour me dévêtir. J'enlève mes vêtements, puis j'enfile une jupe pas mal trop courte et une camisole. Je glisse les pieds dans une paire de sandales à semelles compensées. À cet instant, ma complice se tourne vers moi, fouille dans sa poche et en extirpe un peigne et un tube de rouge à lèvres.

— Tiens, essaie de t'arranger un peu.

Pendant que je me coiffe, elle tient un petit miroir devant moi et elle fait un retour sur ma leçon d'hier. Je l'écoute, quoique distraite par mon reflet. Valérie Brunet a disparu.

— Bon, quand ton accompagnateur te fera signe, il faudra que tu agisses comme une touriste là pour s'amuser. Tu jases avec les jeunes hommes qui semblent chercher un peu de plaisir. Tu danses un peu, tu blagues. Discrètement, tu leur murmures à l'oreille que tu as du soleil en poudre s'ils en veulent.

— Du soleil en poudre? Sérieusement, ça va passer, ça? Il me semble que c'est stupide comme nom.

— Oui, euh, tu peux dire ce que tu veux! Tant que ce n'est pas le mot cocaïne ou un dérivé, au cas où ton client serait un policier. T'as pas été enlevée uniquement pour travailler sans salaire, mais aussi pour servir d'appât. Les patrons se foutent de toi. Si tu te fais prendre, ils vont tout simplement kidnapper quelqu'un d'autre et toi, tu vas moisir en prison.

Je sens un énorme motton dans ma gorge. Il y a tellement de risques associés au trafic de drogue. Surtout que je suis en pays étranger. Si je me fais pincer, je doute que les policiers accordent beaucoup d'attention à mon histoire.

— *Valérie, je m'excuse d'avoir été sèche. Tu ne dois pas trop t'inquiéter. Au Mexique, il y a tellement de corruption et de problèmes de violence à cause des cartels et des gangs, que tout le monde se préoccupe de son bien-être personnel au lieu de se fourrer le nez dans les affaires des autres. Si tu es bonne, on ne te forcera pas à faire de la contrebande et à traverser les drogues aux États-Unis. Ça, c'est vraiment dangereux.*

— *Je t'en prie, arrête Lauren. Je sais que tu veux m'encourager, mais ça ne fonctionne pas. Dis-moi, il n'y a pas d'autre option ?*

— *Pas vraiment. J'ai essayé de me sauver... et ça, c'est ce qui m'est arrivé, ajoute-t-elle en montrant la cicatrice sur son visage. Nous sommes toutes dans le même pétrin. Les filles qui se prostituent, celles qui volent...*

— *OK, mais les autres ? Celles qui travaillent à l'usine...*

— *Quoi ? Tu penses qu'être esclave dans un atelier de misère, se faire battre et engrosser... c'est mieux ?*

— *Quoi ?*

— *Certaines filles se font violer afin qu'elles tombent enceintes. Puis, on vend les bébés. Il y a tout un marché pour le trafic de poupons.*

Un homme entre dans la pièce. Cela clôt notre discussion. Alors, mon amie me souhaite bonne chance et elle me murmure de collaborer... pour ma sécurité.

CHAPITRE 16

Un sentiment d'échec

Luis Ramirez sirotait une eau de coco tout en consultant la pile de documents et de photos éparpillés sur la surface de son bureau. Ici, des captures d'écran de la vidéo du stationnement de Tulúm, où Valérie Brunet avait été vue pour la dernière fois, ainsi qu'un agrandissement de la plaque d'immatriculation. Là, des rapports sur les personnes disparues au cours des derniers mois. Sa recherche auprès de collègues de Cancún et des villes et villages avoisinants avait donné des résultats alarmants. Un grand nombre de jeunes femmes s'étaient volatilisées. Très peu avaient été retrouvées vivantes.

Le policier était retourné s'entretenir avec Estella et Joséphina. Les deux prostituées lui avaient signalé une recrue. L'enquêteur découvrit que c'était une touriste américaine capturée à Los Cabos. Ses kidnappeurs lui avaient fait traverser le pays cachée dans une boîte sur laquelle on avait imprimé les mots *CUIDADO FRÁGIL!* ATTENTION FRAGILE! Après de longs échanges ainsi que des enquêtes dans leurs quartiers miteux, ses homologues de la côte Ouest n'avaient toujours pas trouvé Valérie Brunet. Le caïd El Cuervo, lui, jouait toujours le jeu. Il s'était renseigné à propos de Ramirez et le savait honnête. Aider un policier incorruptible ne lui rapporterait rien ; donc il lui fournissait des réponses qui ne menaient nulle part et, surtout, qui ne l'incriminaient pas.

Toc, toc, toc ! Trois coups à la porte de son bureau brisèrent sa concentration. Un grand homme de six pieds entra. Les cheveux et la moustache gris, il portait un pantalon beige et une chemise bleu poudre. Un insigne de visiteur lui pendait du cou, attaché par une courroie marine.

— Ah ! Calderón, c'est toi. Viens, assieds-toi, proposa Ramirez en reconnaissant le policier à la retraite qui avait visionné les vidéos des caméras de surveillance.

— Tu sais, je trouve toujours étrange de m'asseoir du côté des visiteurs dans mon ancien bureau, admit l'homme au regard perçant.

— On peut changer de place ! Peut-être que tu arriveras à voir plus clair que moi dans tout ce qui traîne sur mon bureau.

— Non, non, je disais ça comme ça. Ne t'en fais pas.

— Alors, cher ami, as-tu des informations pour moi ?

— Oui. Bon, ça m'a pris un peu de temps, mais j'ai réussi à trouver la séquence manquante sur la plaque d'immatriculation de la camionnette. Heureusement, ce ne sont pas des plaques volées, comme c'est souvent le cas. Le véhicule appartient à un vieillard pratiquement invalide. J'ai posé des questions, mine de rien, et il paraîtrait que son

   Disparue chez les Mayas

petit-fils s'en sert pour aller travailler. Cependant, personne ne peut me dire ce qu'il fait dans la vie...

— Tu connais la chanson, Calderón! C'en est un autre embauché d'une façon douteuse.

— Oui, oui, je le sais bien. Toutefois, le trajet qu'il effectue le plus souvent est intéressant.

— OK..., je t'écoute.

— Il part de chez son grand-père, je crois qu'il y demeure, tôt le matin. Il se rend à un vieil édifice délabré, se gare de reculons et ne reste que quelques minutes. Puis, il se rend à une manufacture de vêtements.

— Donc, il va visiter quelqu'un avant d'aller travailler? Tout ça n'est pas très révélateur.

— T'as raison mais, fait intrigant, il ne demeure pas longtemps à l'usine non plus. Selon des voisins, qui refusent de s'identifier, il y a des femmes qui sortent de la première bâtisse.

— Donc, il fait le transport des employées, conclut Ramirez.

— Oh, mais attends... les employées ont les yeux bandés!

*   *

*

La famille Brunet s'offrait un moment de répit sur la plage. L'inspecteur Ramirez avait fait son rapport en matinée. Malgré les recherches intensives, la généreuse récompense et l'aide des médias, il n'y avait toujours aucune trace de Valérie. Les informations concernant la camionnette étaient à nouveau encourageantes. Toutefois, peut-être en raison de la chaleur, tout le reste semblait avancer à pas de tortue. Nancy, Charles, Ginette et

Félix avaient participé à de nombreuses entrevues pour des stations de télévision canadiennes, américaines et mexicaines. Ils ne savaient plus où donner de la tête. Ils avaient parcouru les rues, de Cancún à Tulúm, tellement de fois qu'ils connaissaient par cœur toutes les stations-services, tous les *topes*, les feux de circulation défectueux et l'heure à laquelle la majorité des prostituées débutaient leur journée.

Félix semblait en transe, il ne faisait que regarder la mer. Son livre sur les genoux, Nancy pliait puis dépliait la serviette de table qui lui servait de signet. Ginette regardait l'écran de sa tablette sans le voir. Charles prit la parole, en se frottant les tempes.

— En rentrant à l'hôtel, nous allons réserver nos billets d'avion…

— On va tous retourner à la maison, approuva Nancy tristement.

Ce fut assez pour réveiller Félix, qui cogna sur les bras de sa chaise avec ses poings.

— Mais, mais… Valérie ! On ne peut pas l'abandonner comme ça !

— Félix, ça fait presque deux semaines que Valérie a disparu, tenta d'argumenter sa mère.

— On a fouillé toute la région, je ne crois pas que l'on puisse faire plus. L'inspecteur Ramirez va poursuivre l'enquête. Faut lui faire confiance.

— Mais papa, dès qu'on sera partis, personne ne va plus rien faire ! Tout le monde va être content qu'on ne soit plus là pour les harceler ! pesta l'adolescent.

— Mon grand, je te promets qu'on va appeler M. Ramirez chaque semaine, dit Ginette calmement. Moi non plus, je ne veux pas m'en aller.

Toutefois, rester à l'hôtel et se morfondre, ça ne servira à rien.

— Je suis certaine que ta sœur ne voudrait… ne veut pas, reprit Nancy, nous imaginer en morts-vivants ! Elle nous voit au travail, à l'école, à la maison.

— Oui, mais…, fit Félix.

— Aussi difficile que ce soit à envisager, nous allons retourner au Canada, mon grand. Ta mère et moi voulons retrouver Valérie à tout prix, mais là, nous sommes tous en train de disparaître, ajouta son père, les larmes aux yeux. Nous avons sollicité l'aide de tout le monde, mais ça ne semble pas assez. Notre récompense a attiré un paquet de fraudeurs, mais n'a produit aucune piste concrète.

La discussion était évidemment close, quoique le jugement fût fort difficile à avaler. La vie des Brunet reprendrait son cours, sans Valérie.

Dans le lobby de l'hôtel Los Sueños, les adultes se mirent en frais de trouver quatre places sur un vol à destination d'Ottawa. Une fois cela réglé, ils allèrent remercier le gérant, qui s'était montré fort accommodant en les laissant réserver leurs chambres au jour le jour. Il y voyait des avantages, leur avait-il expliqué, car dès la mi-mars, le taux d'achalandage diminuait à mesure que la météo devenait plus clémente dans le nord, justifiant moins de voyages au Mexique.

Félix resta derrière et décida d'aller faire des longueurs. L'eau de la mer des Caraïbes était chaude, il ne ressentit aucun frisson en y pénétrant. L'onde était légèrement agitée, il aurait donc à appliquer plus de force dans ses brasses. L'adolescent nagea en suivant la plage. Tout en tirant l'eau avec ses bras, il la poussait avec ses jambes, dans des mouvements de traction et de propulsion. «Comme une voiture à traction intégrale!» pensa-t-il. Jugeant qu'il avait dû parcourir environ cent mètres, il plongea, fit une culbute sous l'eau puis, regagnant la surface, il reprit sa nage en sens inverse. Il poursuivit ce manège malgré la houle qui s'intensifiait et fit l'aller-retour au moins cinquante fois, avant d'entendre le sifflet strident du maître-nageur. Maintenant, les vagues déferlaient de plus en plus sauvagement. Le soleil n'était plus visible, derrière de menaçants nuages noirs. Le vent se mit aussi de la partie. Chaque bourrasque faisait tanguer les palmiers et trembler les *palapas*, ces parasols en paille ou en feuilles de palmier. Félix sortit des *vapes* et entama sa nage perpendiculaire afin de retourner sur le sable. Il y était presque, lorsqu'il entendit un cri, suivi de trois coups de sifflet.

Un petit catamaran venait de chavirer. Le sauveteur voulait alerter son collègue qui patrouillait à l'autre extrémité de la plage. Au moment où le premier retira son chandail et empoigna sa bouée, Félix s'aventurait déjà dans les flots violents. Il rejoignit un homme assez jeune, qui s'agrippait à l'un des flotteurs de l'embarcation. L'adolescent lut la panique dans ses yeux.

— Mon fils! Mon fils! cria-t-il en gesticulant, ce qui lui fit lâcher prise.

— Je vais le retrouver! le rassura Félix avant de plonger sous la lame.

L'eau salée lui piqua les yeux. Après approximativement une minute, incapable de distinguer quoi que ce soit, il dut retourner à la surface pour respirer. Puis, il plongea à nouveau. Maintenant, les deux maîtres-nageurs l'avaient rejoint pour tenter de retrouver l'enfant avant qu'il ne soit trop tard. Le tonnerre gronda et les nuages crevèrent, laissant ainsi le flac et le floc des gouttes de pluie se mêler au clapotis des vagues. En émergeant, Félix vit quelque chose flotter vers une masse rocailleuse, à une vingtaine de mètres à sa gauche. Sans avertir qui que ce soit, il nagea dans cette direction. Sous l'effet de l'adrénaline, il ne ressentait pas la douleur dans ses bras qui s'ankylosaient. Il y était presque, encore une brasse, puis une autre… et une autre… Il y était! Il agrippa la forme inconsciente et la tira vers lui. Il s'agissait bel et bien d'un jeune garçon. Félix entoura le haut du torse de l'enfant avec son bras gauche. Puis, il se propulsa hors de la zone de danger.

Malgré la tempête qui sévissait, de nombreuses personnes s'étaient attroupées sur la plage. Sans doute avaient-elles été alertées par les coups de sifflet ou un appel des sauveteurs. Félix n'était pas encore sorti de l'eau avec son rescapé que deux personnes venaient à lui dans l'eau. À la fois épuisé et concentré sur la tâche, l'ado ne reconnut pas ses parents qui accouraient, les habits trempés. En moins de deux, Nancy le soulagea de sa charge et courut étendre l'enfant sur le sable. Charles passa un bras sous l'aisselle de son fils afin de le soutenir et de le ramener sur la grève. La docteure Brunet s'affaira à appliquer la routine de R.C.R., bientôt secondée par son mari. Les sauveteurs avaient récupéré le père et le retenaient parmi les spectateurs, afin de ne pas nuire aux tentatives de réanimation. Pendant ce temps, Ginette avait jeté une serviette de plage sur le dos de son petit-fils. Elle lui frictionnait les épaules. L'adolescent était assis dans le sable, les genoux repliés contre la poitrine et il regardait intensément l'action qui se déroulait à deux mètres de lui. Petit à petit, sa respiration cessa d'être haletante.

Puis, la foule poussa un cri de joie quand le jeunot se mit à cracher de l'eau salée. Il allait survivre ! Le père se fraya un chemin et enlaça son fiston dans ses bras. N'ayant plus rien à regarder, les gens se dispersèrent afin de rentrer se sécher, car il pleuvait toujours.

— Merci, merci, merci pour tout ! Je ne sais pas ce que j'aurais fait si vous n'aviez pas sauvé mon fils ! s'exclama le papa.

Charles se retint de lui dire que le port d'une veste de sauvetage aurait prévenu la quasi-noyade du petit. Il tapota l'épaule du garçonnet et serra la main du père. Puis, accompagné de sa femme, il alla trouver son propre fils qui venait de se relever. Il avait besoin de boire. La famille Brunet se dirigeait vers l'hôtel lorsque Félix arrêta de marcher. On lui retenait la jambe droite. L'adolescent baissa les yeux et vit l'enfant accroché à sa cuisse. Il se pencha à la hauteur du petit.

— Salut !

— Merci de m'avoir sauvé, dit le gamin d'une voix rendue rauque par l'ingestion d'autant d'eau salée.

— De rien. Moi c'est Félix, et toi ?

— Michaël. Plus tard, je veux nager comme toi ! ajouta-t-il avant d'offrir un câlin à son sauveur.

Le papa remercia Félix à son tour. Modeste, le héros du jour répondit qu'il avait agi par instinct, sans penser aux conséquences.

— Il me semble que vous m'êtes familier. Est-ce que je vous aurais vu à la télé ? demanda le père de Michaël.

   Disparue chez les Mayas

– C'est probable, répliqua Nancy, on a tous passé au téléjournal plusieurs fois…

– Oui, oui, là je vous replace. Votre fille…

– C'est ça, répondit Charles, abattu.

– Je vous souhaite sincèrement de la retrouver. S'il y a quoi que ce soit que je puisse faire pour vous aider, dites-le-moi. Je vous dois au moins ça.

– Si vous croyez voir Valérie pendant votre séjour, contactez la police. C'est tout ce que l'on peut demander, lui répondit gentiment Ginette.

Les deux familles se séparèrent. Ce soir-là, Félix dormit comme une bûche. C'était la première fois depuis que sa sœur jumelle était disparue.

* *

*

L'homme rondelet, de petite taille, fait signe à Lauren de s'en aller. Elle s'empresse de sortir du local. Voilà, il n'y a que nous deux. Il m'observe pendant une interminable minute avant de parler en anglais, mais avec un fort accent espagnol.

– Écoute, à partir d'aujourd'hui, tu t'appelles Jennifer. Nous allons dans un club de jour. Là, tu flirtes un peu… et tu fais passer le stock. Tu parles le moins possible. Si tu tentes quoi que ce soit…, tu vas le regretter, dit-il en ouvrant son veston pour me permettre de voir son pistolet. Compris, Jennifer ?

J'avale ma salive et hoche la tête, car je suis incapable de parler. Insatisfait, il répète sa question. Je réussis à répondre par un oui tremblotant. Nous sortons de l'usine. Une grosse berline de luxe est garée devant. Les vitres teintées me paraissent aussi noires que la peinture de la carrosserie. Une fois à bord, l'homme me lie les poignets avec des menottes, puis il noue une écharpe sur mes yeux. C'est clair qu'il ne veut pas que je voie où nous allons.

Je me demande combien de temps ma famille va me croire toujours en vie. Ça doit être tellement difficile de faire son deuil sans voir le cadavre... Si les rôles étaient inversés et que Félix s'était fait kidnapper, je ne crois pas que je pourrais dormir avant de connaître son sort. On était tellement proches... Non ! On est... Je ne peux pas me mettre à penser au passé, autant être morte. Il faut absolument que je garde espoir.

— Bon, c'est le temps de sortir, me dit une voix bourrue.

L'homme me détache. Je cligne des yeux lorsqu'il m'ôte mon bandeau. Je dois m'habituer aux néons qui illuminent le stationnement sous-terrain où nous nous trouvons. Il fouille dans une poche de son veston et en sort quatre petits sachets de plastique. Une poudre blanche se trouve à l'intérieur. Mon gardien me remet les quatre grammes. J'en glisse deux dans ma brassière et deux autres dans une petite poche cousue à cet effet dans l'ourlet de ma jupe.

— Cinquante dollars américains par sac. Je serai assis au bar. Ne viens pas me voir tant qu'il te reste du stock, lâche-t-il en trois coups secs. (On dirait un trio de coups de feu.) Compris, Jennifer ?

— ... Ou... oui, réussis-je à bredouiller.

Je ne suis toujours pas habituée à mon nouveau nom. C'est à ce moment que nous quittons le véhicule et que nous marchons jusqu'à l'ascenseur, situé dans le coin gauche du garage. L'homme appuie sur le bouton du onzième étage.

Rapidement, nous nous rendons au sommet de l'hôtel. J'aimerais bien savoir lequel, afin de non seulement m'orienter, mais aussi d'obtenir du secours. Mon patron me montre une fois de plus son arme. Quand les portes glissent, je vois que nous sommes à l'extérieur, sur le toit de l'édifice. «Wow! L'espace est transformé en boîte de jour. C'est la première fois que je vois un tel endroit. » Il y a un imposant bar à ma droite plein de clients qui s'y accotent pendant qu'ils sirotent des cocktails colorés. Un impressionnant système de voiles offre de l'ombre dans cette section du club. Devant moi s'étale une gigantesque piscine circulaire, au milieu de laquelle trône un îlot occupé par le DJ. Une multitude de chaises longues sont disposées en deux rangées autour de la nappe d'eau. Derrière ces chaises se dressent des cabanas de toiles, sans doute pour la clientèle opulente qui paye pour un peu d'intimité.

Le soleil qui me tape sur la tête, la musique électronique aux décibels élevés et le stress de l'emploi me rendent mal à l'aise. J'ai de la misère à avancer. « Ça doit tellement paraître que je ne suis pas à ma place. » Afin de me ressaisir un peu, je marche vers le bord du toit. Une rampe de verre protège les fêtards d'une chute fâcheuse... et surtout fatale. Devant mes yeux s'exhibe un panorama à couper le souffle. La mer cristalline s'étend à perte de vue. Tout en bas, la plage est bondée de gens qui profitent de leurs vacances. Insouciants... ils semblent tellement heureux. « Maudit qu'ils sont chanceux... Je donnerais n'importe quoi pour être à leur place. » Comme je me fais cette réflexion, je m'aperçois que je ne suis plus seule.

— Est-ce que ça va ?

Je me tourne légèrement pour voir qui m'adresse la parole. C'est un homme aux cheveux bouclés, avec des mèches blondes de différentes teintes. Ses yeux verts semblent réellement se préoccuper de moi.

– Euh... oui. C'est juste que... j'ai un peu le vertige.

– Ben là, il vaut mieux que tu t'éloignes de la corniche.

– Oui, t'as raison. Mes amies me disent toujours que je dois essayer de surmonter ma peur. Je suis certaine que c'est pour ça qu'elles ont choisi de me donner rendez-vous ici. Je gage que la prochaine chose qu'elles vont me demander, c'est de sauter en parachute !

– Ha, ça, je te le recommande ! C'est débile ! Mon premier saut, j'l'ai fait l'été passé... et c'était CA-PO-TANT ! Je pensais mourir, mais au contraire, c'est tellement vivifiant qu'après, on cherche d'autres façons d'intensifier les sensations.

Ces mots me font penser à mon boulot. Je remarque les cernes sous les yeux de mon interlocuteur. « Il a dû fêter tard », me dis-je. De plus, il porte une camisole dont le message incite à la débauche.

– Ouais, je te comprends. Tu sais... je peux peut-être t'aider dans ta quête de... sensations fortes.

Voilà, c'est fait je viens d'offrir de vendre des narcotiques à un étranger.

CHAPITRE 17

L'enquête solo

L'enquêteur Luis Ramirez avait reçu des menaces. Un malotru avait balancé une brique à travers la fenêtre de son salon, avec une note lui ordonnant de cesser de rechercher des jeunes femmes portées disparues. Lorsqu'il tenta d'en parler à Joséphina et à Estella, elles refusèrent de lui adresser la parole et elles s'éloignèrent. Plus tard, on creva les pneus de sa voiture de patrouille. Le policier sut qu'il flairait quelque chose de gros. Certains de ses collègues lui conseillèrent de laisser tomber Valérie Brunet et de se concentrer sur des crimes plus récents et plus importants pour ses concitoyens. Luis ne lâcha pas prise, au contraire, il redoubla d'efforts et passa tous ses moments libres à poursuivre l'enquête qui l'obsédait. Bien des soirs, il ne rentra pas dormir chez lui, préférant faire le guet. Il avait une bonne idée de ce qui se passait, toutefois, ça lui prenait des preuves solides.

Lors d'une de ses visites dans une boîte de jour, une serveuse affirma avoir vu une fille qui ressemblait à Valérie, quoique elle avait les cheveux d'une autre couleur. L'inspecteur nota soigneusement les informations que lui fournit la jeune femme.

— Dis-moi, que fait-elle, ici ? Peux-tu me décrire son comportement ?

— Bien… je ne veux pas m'attirer d'ennuis…

— Ne t'en fais pas, ça restera entre nous.

— Elle… euh… elle arrive avec un homme, mais ils ne se parlent pas et ne se tiennent pas ensemble.

— OK. Ensuite ?

— Elle se promène, flirte avec les gars.

— Est-ce qu'elle part avec eux ?

— Non. C'est ça qui est étrange. Ils se disent des secrets, ils rient, des fois ils prennent un verre. Puis, elle continue à circuler.

Ramirez écartait de plus en plus la possibilité qu'on la forçait à se prostituer. Il devait s'agir de trafic ou de quelque chose du genre. L'employée confirmait que Valérie ne venait pas fêter par choix. Pendant trois jours, il fréquenta la boîte sans la revoir. « Il doit y avoir une rotation. Ce doit être la même chose pour les vendeuses de drogue. Difficile de les pincer si elles ne reviennent pas deux fois d'affilée au même endroit », déduisit-il en gagnant sa voiture dans le stationnement.

Il tenta jour après jour de convaincre son supérieur de lui fournir une petite équipe afin de faire une descente à l'usine. Son patron ne voulait rien savoir. Il répétait que les preuves n'étaient pas suffisantes pour aller déranger des gens qui travaillaient fort. Luis le soupçonnait de lui cacher quelque chose. Lors de ses planques aux abords de la manufacture, il avait remarqué deux hommes, qui arrivaient et repartaient fréquemment en camionnette. Il avait vu des femmes monter à l'arrière. Même les yeux bandés, aucune ne répondait au signalement de Valérie. Le policier voulait intervenir, mais seul il mettrait sa vie en péril. Alors, il prit des photos et tâcha de constituer un dossier suffisamment solide pour convaincre son supérieur récalcitrant. Il emprunta un escalier de secours afin de grimper sur le toit d'un édifice de l'autre côté de la rue de la fabrique de vêtements. Grâce à des jumelles puissantes, il réussit à jeter des regards discrets par les carreaux encrassés des fenêtres, et par la porte entrouverte, s'il en avait la chance. Il vit un bon nombre d'ouvrières, surtout des Mexicaines, d'après leur allure. « Leur salaire doit être ridicule, mais je doute qu'il soit illégal de travailler ici. Qu'est-ce qu'ils font avec les filles kidnappées ? » Un gardien, mitraillette en bandoulière, ouvrit la porte brièvement afin d'accueillir un livreur de pizzas. Quelque chose de louche se tramait dans l'usine.

L'enquêteur communiquait fréquemment avec les Brunet. Oh, comme il avait hâte d'avoir de bonnes nouvelles à leur annoncer ! Après des semaines de recherche et avoir usé de toutes les astuces qu'il connaissait, du flirt à la menace et aux pots-de-vin, il mit la main sur des vidéos de sécurité de divers lieux où l'on croyait avoir aperçu la jeune Brunet. En avalant de la pizza froide, il regardait ces enregistrements en accéléré. Un visage apparut à l'écran. Le policier faillit s'étouffer. Tout en crachant le morceau de croûte qui s'était logé dans sa gorge, il empoigna la télécommande et recula la séquence de quelques secondes. « C'est elle ! Valérie est en vie ! » Encouragé, il nota l'heure, la date et le lieu dans le bloc-notes de son cellulaire. Il poursuivit son visionnement et reconnut la jeune Brunet deux autres fois, toujours à Cancún, mais dans des coins bien différents. Comment allait-il la tirer de là ? Il ne pouvait avoir l'œil partout en même temps. Entre les boîtes diurnes et nocturnes, les plages, le lobby des hôtels et les autres endroits branchés, impossible de déterminer où se pointerait l'adolescente la prochaine fois.

*   *
*

Aujourd'hui, j'entame ma huitième journée de travail forcé. Depuis ma première expédition, j'ai effectué par mal de transactions. Parfois, quand il y a des temps morts, on me fait travailler à l'usine. Honnêtement, je suis crevée. Souvent, après mes ventes dans des boîtes de nuit, on me fait imprimer des t-shirts le matin, faire le tour des clubs, des plages et des piscines en après-midi et recommencer le tout après quatre heures de sommeil ! J'ai mal partout. Mes pieds me tuent d'avoir marché dans des souliers à talons hauts ; sans compter les gifles que j'ai reçues quand j'ai osé parler trop longtemps avec des clients potentiels. Les patrons doivent penser que je leur demande de me secourir. Depuis quelques jour, Sophie a cessé de pleurer. On dirait qu'elle est devenue un zombie. Son regard est vide. Son état catatonique m'inquiète. De plus, j'ai remarqué des marques sur ses bras, comme si on l'avait retenue de force. Elle ne m'en parle pas. Cependant, je suis certaine qu'on la maltraite et qu'on la force à faire des choses contre son gré.

Parfois elle vient à la manufacture, où on lui assigne la tâche de coudre les étiquettes avec la taille et les directives de lavage sur les t-shirts

   Disparue chez les Mayas

100 % coton. Pour seulement coudre un petit carré de tissu à peine plus grand qu'un timbre, elle se pique sans arrêt avec l'aiguille de la machine à coudre. La première fois qu'elle s'est blessée, elle a lâché un cri. Cela lui a valu une gifle. Maintenant, elle grimace et tente d'endurer la douleur, sans bruit, lorsque l'aiguille lui perfore la peau.

Je m'habitue à mes tâches. Moralement, ça m'écœure d'encourager un commerce illicite. Mais je dois faire l'égoïste et penser à ma survie. Je dois aussi avouer que passer mes journées à bosser est préférable à demeurer ligotée dans un lit, à attendre le pire... Jacynthe m'avoue s'être sentie comme ça elle aussi. Surtout... qu'elle s'est fait prendre il y a près de six mois ! J'espère sincèrement que je n'aurai pas à rester ici aussi longtemps.

La Néobrunswickoise me confie au dîner qu'elle a perdu espoir qu'on la retrouve.

— Ma famille et mes amis sont habitués que je disparaisse. Je pars en voyage sans avertissement, je suis très impulsive. Il m'est arrivé à quelques reprises de rencontrer un gars dans un pays étranger et de demeurer avec lui un certain temps, jusqu'à ce que ça ne fonctionne plus entre nous, ou que je me tanne et je le quitte. Je reviens toujours à Moncton, mais des fois, ça me prend plusieurs mois.

— Mais, t'as pas des études, un emploi ou quelque chose pour te garder à la maison ?

— Non. J't'une bonne serveuse, donc j'trouve toujours du boulot quelque part. J'ai pas besoin de ben d'l'argent. Tant que j'ai une place propre où coucher et de quoi manger... Je garde mes sous pour les billets d'avion. Chez moi, j'opte pour le bus ou l'auto-stop. De même, c't'une vraie aventure !

– T'es vraiment courageuse!

– D'habitude on me traite de folle! Honnêtement, être kidnappée quand je fumais derrière un club à Cancún, c'est la pire chose qui m'est arrivée.

– Qu'est-ce qui t'a amenée au Mexique?

– L'amour...

Jacynthe semble forte de caractère, mais je suis persuadée qu'elle se donne des airs de dure pour survivre. Surtout que certains gardes viennent parfois la chercher et l'amènent dans la salle au fond de l'usine. Quand elle en revient, elle demeure muette pour le restant de la journée.

Plusieurs fois, je tente de converser avec les femmes mexicaines. Malheureusement, on m'évite. Je suis certaine qu'elles ont raison de me fuir. Soit elles craignent que je leur cause des ennuis, soit elles savent quelque chose et elles doutent de pouvoir garder le secret en ma présence. Peu importe, je finirai bien par en amadouer au moins une.

CHAPITRE 18

Le printemps à Ottawa

Il restait des traces de neige sale ici et là. Les arbres étaient couverts de bourgeons, les outardes s'attroupaient partout, au grand dam des cyclistes et des joueurs de soccer qui voyaient leurs pistes et leurs terrains encombrés. Félix attendait que la glace fonde sur la rivière des Outaouais, impatient d'y nager. Il en avait pour plusieurs semaines, car l'eau demeurait terriblement froide. L'adolescent avait bien hâte d'y plonger, plus à l'aise dans la rivière que dans la piscine du centre récréatif, où les lignes de flotteurs et les autres nageurs gênaient ses mouvements. Depuis son retour au Canada, malgré sa réticence, il avait doublé les heures qu'il passait dans le bassin plein de chlore. L'exercice avait deux grands avantages. Premièrement, il lui permettait de penser à autre chose qu'à sa sœur et deuxièmement, les longueurs multiples l'exténuaient et lui permettaient de dormir.

Le retour à l'école s'était avéré doux-amer. Les jeunes voyageurs avaient rêvé d'être accueillis par leurs amis qui n'avaient pas effectué le périple au Mexique, sans doute intéressés par les photos inédites dans les médias sociaux et affamés de potins croustillants. Qui avait goûté à de la téquila ou à des bières mexicaines en cachette, qui avait flirté avec de jolies filles ou de beaux garçons à la station balnéaire, qui avait joué des tours pendables aux autres, comme vider un tube d'écran solaire et remplacer la crème par une substance qui n'offrait aucune protection contre les rayons UV. Les curieux se présentèrent, mais tout ce qu'ils voulaient savoir, c'était ce qui était arrivé à Valérie. L'avait-on vue se faire enlever ? Avait-elle monté tout ce scénario seulement pour avoir de l'attention ? Est-ce qu'on avait demandé une rançon ? La rumeur voulant qu'elle ait été kidnappée par des pirates lorsqu'elle se trouvait sur le yacht du fils d'un richissime Américain était-elle fondée ? Bref, chaque contact de Félix avec les élèves de l'Apogée ne faisait que raviver la douleur de la disparition. Mme Duplessis, la travailleuse sociale de l'école, ainsi que M. Robichaud, le psychologue du conseil, avaient fait des visites dans les classes afin d'annoncer que leurs portes seraient toujours ouvertes si les jeunes sentaient le besoin de parler. De plus, les mardis et les jeudis midi, on se rencontrerait en grand groupe au local 112 pour partager ce que l'on ressentait après le triste évènement qui avait touché l'une des leurs.

Les premières fois, Jade et Geneviève participèrent aux rencontres. Toutes deux se sentaient toujours coupables d'avoir laissé leur amie s'éloigner seule. La majorité de la vingtaine de jeunes assis en cercle dans le local d'art dramatique protestèrent qu'elles n'avaient rien à se reprocher. Mme Duplessis leur expliqua qu'il était normal de se sentir ainsi puisqu'elles avaient été les deux dernières à voir Valérie. Toutefois, ce n'était pas leur faute si cette dernière s'était fait enlever. Oui, elles auraient peut-être pu se défendre à plusieurs, mais on ne savait pas combien de kidnappeurs elles auraient eu à combattre.

De son côté, Arnaud était écœuré des commentaires, pas trop cachés, que certains faisaient toujours à son égard. Lorsque M. Robichaud avait tenté de lui parler, il l'avait envoyé promener. L'adolescent préférait évacuer sa tristesse et sa colère en frappant dans le *punching bag* de la salle de musculation. Jacob l'accompagnait souvent et tentait de le calmer du mieux qu'il le pouvait.

Voyant la tête d'enterrement d'une bonne partie des étudiants, les membres du gouvernement des élèves proposèrent d'organiser une cérémonie en mémoire de la disparue, où on se concentrerait sur le positif au lieu de se noyer dans la mélancolie. En un rien de temps et avec l'aide de M. Antonin et de Mme Santos, on imprima des photos de Val en train de s'adonner à ses sports préférés, de rire avec ses amies, de faire des grimaces avec son frère. Lors de l'événement, une cinquantaine d'élèves se rassemblèrent dans la bibliothèque. On projeta les photos sur un grand écran. Tour à tour, des ados et des membres du personnel partagèrent un souvenir joyeux. M. Cadieux vint en passant, mais resta un peu à l'écart. Arnaud, que Jacob avait convaincu de participer, invita le directeur à dire quelques mots, un peu pour le provoquer. Surpris, l'homme hésita avant de répondre.

— Euh… bien… je n'avais pas préparé quoi que ce soit… mais… je pense… non… je me souviens de lui avoir remis le prix méritas, l'an dernier, pour l'incroyable nombre d'heures de bénévolat qu'elle avait effectuées. C'était... euh, c'est une jeune femme très... dévouée, parvint-il à dire, en avalant difficilement la salive qui lui restait dans la bouche.

Les premières semaines, tout le monde était venu à la maison s'enquérir de Valérie. Les visiteurs offraient des mots d'encouragement ou des sympathies avant l'heure, mal dissimulées. Ces échanges menaient toujours à des instants de malaise. Petit à petit, on cessa de venir se renseigner. « C'est comme si elle était morte », pensa alors Félix. Toutefois, le jumeau était persuadé qu'il aurait ressenti quelque chose de spécial si sa jumelle était morte.

*　*
*

Un soir de mai, assis dans les marches qui descendaient à la rivière, bercé par le clapotis des vaguelettes, Félix observait l'eau qui scintillait. Sa grand-mère vint l'avertir qu'il était temps de passer à table. L'adolescent se leva et suivit Ginette à l'intérieur. Charles et Nancy étaient en train de servir de généreuses portions de sauté aux crevettes sur un lit de riz. Toute la famille avait retrouvé l'appétit, une nécessité pour rester en vie. Le retour au travail et à l'école avait fini par aider, car il fallait avoir de l'énergie pour vaquer à ses tâches.

On discuta brièvement de la journée. Félix admit qu'il avait quasiment échoué à son évaluation de français. L'analyse de poésie n'ayant jamais été sa force, Charles et Nancy furent peu surpris du résultat. Néanmoins, les notes de leur fils avaient chuté depuis son retour du Mexique. L'adolescent comprenait qu'il aurait à reprendre certains cours l'année suivante et qu'il n'obtiendrait pas son diplôme en même temps que ses amis.

— Je me trompe tout le temps entre les figures de style. La comparaison ou la répétition, même l'hyperbole ça va, mais l'oxymore, le chiasme, l'allitération, la métonymie ! Ça prend tout mon petit change pour me souvenir des noms, alors s'il faut que je les identifie ! Pis après ça, il faut que j'explique le message. Comment est-ce que je suis censé savoir ce qu'un poète, mort depuis 200 ans, pensait en écrivant le poème ? Je n'étais même pas né !

— Moi non plus ! rigola Ginette.

Charles et Nancy pouffèrent de rire. Ça leur faisait du bien de se laisser aller, de se comporter comme une famille heureuse.

Après le repas, Félix monta à l'étage. Au lieu d'entrer dans sa chambre, il bifurqua vers celle de sa sœur. Il poussa la porte et entra dans la pièce. Les affiches de chanteurs pop qu'il jugeait trop artificiels, mais dont sa sœur raffolait, y étaient toujours. Oh, combien de fois l'avait-il taquinée pour ses goûts quétaines ? Rien n'avait changé dans la chambre. Les médailles étaient toujours suspendues à une barre fixée au mur, la paire de chaussettes qu'elle avait échappée en la lançant dans le panier de linge sale était toujours sur le sol. Toute la famille Brunet passait dans la chambre de Valérie, à un moment ou à un autre, sans avoir le cœur de déplacer quoi que ce soit. Secrètement, on espérait le retour de la disparue et on voulait qu'elle reconnaisse son havre dès qu'elle en franchirait le seuil.

Un peu plus tard en soirée, Charles et Nancy regardaient en rafale des épisodes d'une série américaine diffusée sur Netflix. Le téléphone sonna. Charles appuya sur pause tandis que Nancy tendait le bras pour saisir le combiné posé sur la table à café.

— Bonsoir, madame Brunet, c'est Ramirez. Je m'excuse de vous appeler si tard, mais j'ai une piste, j'ai vu Valérie !

* *
*

Une fois de retour dans notre cellule, j'attends un peu afin de présenter l'idée qui prend forme dans ma tête depuis quelques jours. Sophie m'écoute avidement, souhaitant à tout prix sortir de cet enfer.

— Ça ne prend jamais beaucoup de temps, mes déplacements pour les livraisons, donc la ville n'est pas loin. Il faut trouver une façon de nous sauver ou, au moins, de signaler qu'on est là. La police pourra venir nous secourir.

— Comme quoi ?

— Chut ! Pas trop fort. Un des gardiens parle un peu français.

— OK, OK, je m'excuse.

— Il faut qu'on parle aux autres et que l'on planifie quelque chose...

L'occasion se présente deux semaines plus tard. Bien que ce ne soit toujours pas évident de nous parler lors des pauses du dîner, nos geôliers nous rendent la tâche plus facile depuis trois jours. Sophie et moi n'habitons plus notre réduit. Je suppose qu'il y aura bientôt de nouvelles prisonnières qui prendront nos places. Ça doit être pour ça que nous partageons maintenant un dortoir avec

   Disparue chez les Mayas

Lauren, Jenny, Meredith, Blossom et Jacynthe. Quatre séries de lits superposés meublent la pièce. Une seule ampoule électrique éclaire la salle, créant des ombres sur les murs et une atmosphère lugubre. Pourtant, malgré l'hébergement rudimentaire, nous avons droit à un peu de luxe. Nous avons une douche avec de l'eau chaude ! Sans oublier un petit bac de plastique rempli de savon, de shampoing et de revitalisant en toutes petites bouteilles. Je suis persuadée qu'il y a un lien entre nos enlèvements et le personnel d'un hôtel. Je tente de me remémorer tous les employés de Los Sueños ; aucun ne m'a paru suspect...

Sophie et moi nous estimons chanceuses du transfert, car ici, on ne nous attache plus au lit. Disons que nous ne mettons pas de temps à comprendre pourquoi. En effet, nous logeons dans un sous-sol entièrement fait de blocs de ciment. Il n'y a pas de fenêtres et une seule porte, barricadée. Lorsque nos gardiens viennent nous chercher pour aller travailler ou lorsqu'ils nous apportent nos repas, il y en a toujours un qui nous garde dans la mire de sa mitraillette. Donc, nous demeurons très dociles.

Rassemblées chaque soir, nous sept avons le loisir de bavarder à satiété. Ainsi, Meredith et Blossom, les Britanniques, nous expliquent comment s'est déroulé leur enlèvement.

— Nous étions huit femmes à Playacar pour un enterrement de vie de fille. C'était planifié depuis super longtemps, commence Blossom.

— On logeait dans un superbe hôtel, le concierge avait réservé pour nous dans les meilleurs restaurants et les boîtes de nuit les plus branchées, poursuit Meredith.

– Un matin, certaines de nos copines qui avaient fêté très fort la veille, ont voulu faire la grasse matinée. Meredith et moi avons décidé de profiter de notre séjour. C'est vraiment long partir d'Europe pour se rendre au Mexique...

– Donc, on s'est trouvé un tour guidé pour visiter Chichén Itzá. On a vu la majorité du site, mais un moment donné, je me suis rendu compte que j'avais oublié ma crème solaire dans le bus, et je brûlais. Donc, on est retournées au stationnement. Deux hommes sont passés derrière nous... continue Meredith.

– On s'est réveillées ligotées dans l'espace cargo de l'autobus ! s'exclame Blossom.

– C'est épouvantable, s'écrie Sophie !

À force de discuter ensemble, on établit des liens entre nos enlèvements respectifs. Jenny, qui prépare les boîtes pour la livraison des t-shirts, a réussi à dissimuler un stylo et quelques grosses étiquettes autocollantes sous sa jupe. Avec ce matériel, nous essayons de noter les similitudes entre nos expériences et les hypothèses qui nous viennent à l'esprit sur notre avenir de prisonnières. Je demande aux deux Britanniques si elles ont tenté de s'évader, vu qu'elles étaient deux dès le départ. En guise de réponse, Meredith me fait tâter son crâne. Sous sa chevelure, je sens une bosse proéminente. Alors je comprends que sa tentative de fugue lui a valu un solide coup sur la caboche. Disons que sept têtes valent bien mieux qu'une ! À force d'y réfléchir, nous découvrons pourquoi Jenny doit inscrire les lettres A à G sur les étiquettes de chandails. Tout simplement parce que chaque lettre correspond à un détaillant différent.

   Disparue chez les Mayas

Pendant nos séances de remue-méninges, une idée finit par germer dans nos cerveaux pour communiquer avec le monde extérieur et signaler que nous sommes toujours en vie.

CHAPITRE 19

Un message caché

— Viens te choisir un t-shirt! lui dit sa mère.

L'enfant de dix ans cessa d'admirer un iguane qui se dorait au soleil et vint regarder l'étalage de chandails. Il y en avait de toutes les tailles, de toutes les couleurs et, bien entendu, les imprimés étaient tous différents. La mère de Mathieu Picard avait été attirée par le prix avantageux de quatre t-shirts pour 200 pesos.

— Je vais en prendre un pour ton père et un pour moi. Toi, trouves-en un qui te plaît et... choisis-en un quatrième pour ton frère.

— OK, quelle taille est-ce que je prends pour Patrick?

— Un moyen d'adulte, suggéra la mère, en pensant à son aîné resté à Beaupré, car il venait de commencer un emploi à temps partiel à l'épicerie de son quartier.

Pour lui-même, Mathieu choisit un t-shirt avec un iguane affublé d'un sombrero rouge. Puis, il en dénicha un dans la section des adultes, qui saurait plaire à son grand frère. Au bout de quelques minutes, Mme Picard tendit les chandails au marchand qui les déposa dans un sac de plastique. Elle compta sa monnaie mexicaine et paya en sortant, ravie de l'aubaine.

De retour à leur hôtel, le jeune étala les quatre t-shirts sur le lit gigantesque de ses parents. Dès que son père rentrerait de sa ronde de golf, il s'empresserait de les lui montrer. Sur le devant de chaque vêtement était écrit Riviera Maya, en grosses lettres, juste au-dessus des dessins. Il y avait le sien avec l'iguane, celui de sa mère avec des dauphins, celui de son père avec deux palmiers et un coucher de soleil, celui de Patrick avec un cactus jouant des maracas. Ce n'était peut-être pas dans les goûts vestimentaires de l'adolescent, mais il le porterait au moins une fois pour faire plaisir à son cadet, avant de le reléguer à son tiroir de pyjamas.

Les yeux de Mme Picard furent attirés vers le t-shirt de Patrick. Il semblait y avoir une tache dans le bas du chandail. Déçue de n'avoir pas vérifié l'état du vêtement avant l'achat, elle le déplia pour voir si la marque s'effacerait au lavage. À sa surprise, il ne s'agissait pas d'une tache, mais plutôt d'une étiquette autocollante sur laquelle on avait apparemment griffonné quelque chose, dans une calligraphie soignée. Une fois qu'elle eut pris connaissance du message, elle décrocha le téléphone et appela la police.

* *

*

L'inspecteur Ramirez lut et relut le texte à l'intérieur du t-shirt qu'une touriste canadienne venait de lui apporter. Il n'en revenait pas. Enfin, une

 Disparue chez les Mayas

preuve apparaissait, qui allait justifier une descente à la manufacture qu'il surveillait obstinément depuis si longtemps.

Nous sommes captives et forcées de travailler dans une usine en ville. Aidez-nous!
Lauren Smith, Jacynthe Vignault, Jenny Stein,
Meredith Thomas, Blossom McTavish,
Valérie Brunet et Sophie Bédard

Le policier mexicain contacta les familles des sept signataires, toutes répertoriées dans les dossiers de son unité. Il leur annonça que leurs chères disparues s'étaient manifestées, mais qu'il fallait en garder le secret pour ne pas nuire à leur libération. Avant même qu'il n'eût la chance d'adresser une autre requête à son supérieur pour que des renforts lui soient accordés, l'enquêteur eut la visite de trois autres touristes qui lui présentèrent des t-shirts ornés de la même étiquette, parfois en français, parfois en anglais. Chaque chandail provenait d'un marchand différent. L'inspecteur se mit à rendre visite à ces commerçants, afin de les interroger sur la provenance de leur marchandise. Malgré leur réticence à nommer les fournisseurs, il obtint la réponse qu'il attendait.

Les t-shirts en main ainsi qu'une pile de photos prises lors de ses longues heures de surveillance, Ramirez se rendit au bureau du commissaire Reyes. Ça y était, il fonçait et si le patron refusait de l'aider, il attaquerait seul! Il entra sans frapper.

— M. Reyes, j'ai les preuves que vous demandiez, débita-t-il sans même enlever son chapeau.

— Pas encore votre enquête sans queue ni tête!

— Justement, j'ai tout, de la queue à la tête…

L'inspecteur présenta ses découvertes. Chaque fois que Reyes semblait douter de ce qu'on lui contait, Ramirez ajoutait des détails susceptibles de le convaincre. Au bout d'une demi-heure, le patron réussit à placer trois phrases.

– OK, OK, tu te la fermes et tu prends onze hommes avec toi pour une opération musclée à la manufacture de vêtements. Si ça ne donne rien, tu dois me promettre de laisser tomber ton enquête et de ne plus me casser les oreilles avec ça. Compris ?

– Oui, oui, Chef ! C'est entendu !

En sortant, Ramirez passa recruter les membres de sa force de frappe.

*   *
*

Nous espérons toujours que quelqu'un lira nos messages et alertera la police. Blossom et Jacynthe en ont eu l'idée. Meredith et Sophie ont rédigé le tout. C'était long, car nous avions seulement un stylo. Enfin, Lauren a pu apposer les étiquettes sans être vue, quand elle a étendu les t-shirts sur sa table avant de baisser la presse. Nous avons réussi à coller une vingtaine de messages. Jenny s'est assurée que nos t-shirts allaient dans des boîtes différentes afin qu'ils n'aboutissent pas tous chez le même détaillant. J'aurais voulu l'aider, mais depuis quelques jours, je ne viens que très rarement à la manufacture. On me tient de plus en plus occupée à faire des transactions à toutes sortes d'heures. De plus, on augmente continuellement mon quota de stock à vendre. Le niveau de risque est à la hausse lui aussi. Maintenant, je dois entrer dans des résidences privées. J'approche

　　　Disparue chez les Mayas

des groupes, sans intermédiaire. Il y a même des gens qui me reconnaissent et qui viennent me demander de la coke, sans gêne, en public!

Dernièrement, de passage à l'usine, j'ai réussi à parler à quelques ouvrières mexicaines. Leurs propos m'ont attristée. La majorité d'entre elles travaillent pour effacer des dettes familiales envers des créanciers violents, pour se sortir de l'extrême pauvreté ou pour échanger quelques années de servitude contre l'entrée clandestine d'un parent aux États-Unis. Ces femmes couchent, pour la plupart, dans des dortoirs comme le mien. Bref, nous sommes toutes dans la même galère. Un midi, Jenny et moi bavardons avec Guadalupe Garcia. Cette jeune femme travaille pour payer l'entrée de son jeune frère aux États-Unis. Elle veut qu'il ait une vie meilleure, mais elle n'espère plus rien pour elle-même. Le réseau de trafic d'êtres humains est trop puissant.

— Il y a des gens employés dans les hôtels, dans les clubs, dans les lieux touristiques et qui sont payés pour identifier des candidates. Ils font un appel...

— Et on les enlève...

— Exact.

Nous décidons de courir le risque de partager notre plan avec elle, étant donné qu'il nous faut de l'aide supplémentaire. Guadalupe accepte de nous prêter main-forte, toutefois elle ne se sauvera pas avec nous, car elle ne souhaite pas mettre en jeu l'avenir de son frère.

CHAPITRE 20

Le compte à rebours

Ramirez était entouré de l'escouade que le commissaire lui avait prêtée. Parmi ces policiers, qui avaient revêtu leurs vestes pare-balles, se trouvaient Guzmán, Allende et Fuentez, des collègues de longue date. L'inspecteur était rassuré par la présence de ce trio qui n'en était pas à sa première descente. La douzaine d'hommes révisa le plan de nombreuses fois. Ils n'auraient qu'une chance de passer à l'action. Deux d'entre eux iraient à l'arrière où ils gareraient leur véhicule contre la porte de l'édifice, bloquant l'issue. Les autres seraient à l'avant, prêts à investir la bâtisse et à se battre si on les attaquait. Avec l'effet de surprise, ils estimaient que personne ne pourrait leur échapper.

— Je vais me tenir à la porte et m'annoncer, dit-il en leur montrant une photo agrandie de l'entrée principale, à côté de laquelle il y avait le boîtier d'une sonnette munie d'un intercom et d'une caméra vidéo.

— S'ils n'ouvrent pas, nous défonçons, leur rappela Guzmán.

– Il y aura des gardiens armés, puisque le commerce sert de couverture à des activités illicites. Il faudra redoubler de prudence, ajouta Allende.

Ramirez projeta des photos prises lors de ses séances de surveillance. Il montra aussi une vue aérienne de l'emplacement, en remerciant Google de fournir des outils utiles dans de tels cas. Finalement, il projeta une photo de Valérie Brunet. D'une part, il fallait démanteler ce réseau criminel et, d'autre part, il fallait tenter de sauver les femmes qui s'y trouvaient, dont cette jeune Canadienne.

– Les hommes, êtes-vous prêts ?

Onze oui fusèrent dans le bureau. Alors, l'escouade sortit de l'enceinte du poste de police et emprunta deux fourgonnettes, un panier à salade et trois berlines. Ainsi, il y aurait de la place pour les femmes qu'ils comptaient rescaper. Sans activer les gyrophares, ni les sirènes, ils se rendirent à l'usine. Tel que convenu, deux policiers empruntèrent la ruelle et allèrent bloquer l'issue derrière l'immeuble. Les autres chauffeurs garèrent leurs véhicules en demi-cercle devant la bâtisse, créant une barricade contre les curieux ainsi qu'un enclos afin que ceux qui sortiraient par devant ne puissent s'échapper. Voilà, ils bloquaient les deux seules entrées de l'édifice. Ramirez prit sa radio-émettrice, appuya sur le bouton du dispositif et contacta ses collègues.

– À mon signal, on fonce, ordonna-t-il.

*　　*

*

Ça y est ! Nous avons peaufiné notre plan. Nous prions pour qu'il fonctionne, car nous n'aurons pas d'autre chance. Si nous échouons, nous aurons droit à des réprimandes sévères qui témoigneront de la furie des gardiens... à moins qu'ils ouvrent le feu et que nous tombions mortes sur le plancher de ciment.

Depuis que nous avons entrepris la première phase du plan, celle des étiquettes autocollantes, nous nous sommes mises à examiner minutieusement la manufacture. Nous avons noté mentalement la distance entre nos stations de travail et la porte, enregistré le trajet que prennent les gardiens lorsqu'ils circulent, et constaté l'absence d'un système d'extinction en cas d'incendie, etc.

Lauren suggère que, pour sortir de la manufacture, il nous faut créer une diversion. Sans matériel approprié et sans outils à notre disposition, la tâche sera plus ardue. Meredith et Blossom trouvent une bonne façon de susciter la panique dans l'atelier. Quant à Jacynthe et Sophie, elles ont imaginé une astuce pour ralentir la course des sentinelles. Il ne nous reste qu'à choisir le moment opportun pour mettre le plan en branle. Jenny nous présente divers scénarios selon le temps de la journée. Je suggère que l'on passe à l'acte pendant le dîner, une journée où l'on m'amènera à l'usine, bien entendu. L'autre raison de cibler l'heure du repas est l'impossibilité de tester notre tactique de diversion avant. D'ailleurs, la pause repas nous donnera plus de temps. C'est décidé, on ne recule plus.

Au jour J, quand nos gardiens viennent nous chercher pour nous conduire au boulot, nous sommes déjà prêtes. La matinée se déroule normalement. Tout le monde vaque à ses occupations, car il ne faut pas attirer l'attention. Même après la pause de 10h, je ne lésine pas sur la besogne, quoique mon cœur batte à tout rompre !

Le cri strident du sifflet retentit. C'est le dîner ! Les femmes déposent leurs outils de travail et se dirigent vers la cafétéria. Lauren et moi sommes les dernières à y entrer, après avoir tout mis en place. Nous nous empressons de prendre notre pitance sur nos plateaux et de rejoindre nos amies à la table. Même si nous avons la tête ailleurs, nous feignons de converser normalement, car il faut jouer le jeu. Nous jetons occasionnellement un regard furtif vers la salle de travail, impatientes de voir si notre plan fonctionne. Ma mentore et moi avons coincé plein d'étiquettes à l'intérieur d'un t-shirt sur lequel nous avons abaissé nos presses, en prenant soin d'augmenter la température du fer au maximum. Quand Guadalupe se met à crier, nous savons que ça marche !

— ¡Fuego ! ¡Fuego ! ¡Rápido, llame a los bomberos ! *Au feu ! Au feu ! Appelez les pompiers, vite !*

C'est la panique générale. Les gardiens accourent aux presses. L'un d'entre eux part en quête d'extincteurs, les autres regardent l'épaisse fumée qui s'élève vers le plafond. Pendant ce temps, les femmes se ruent vers l'unique porte de sortie. D'autres gardes les pourchassent. À la queue du peloton de fuyardes, Sophie et Jenny déversent le contenu de quelques bouteilles de shampoing et de revitalisant sur le sol. Des sentinelles y glissent et s'étendent de tout leur long sur le béton. Meredith et Blossom, deux joueuses de rugby, ont plaqué le dernier gardien, debout à la porte. D'une main rapide, Jacynthe tire le loquet et la marée de femmes en panique sort dans une ruelle.

* *
*

Luis Ramirez appuya sur la sonnette, mais n'obtint pas de réponse. Le policier vit une lumière rouge s'allumer au-dessus de l'œil de la caméra. On l'observait. Il entendit des cris et il sentit de la fumée. D'un geste de la main, il fit signe aux hommes de se préparer. Comme ils allaient enfoncer la porte, elle s'ouvrit et une horde de gens sortirent en trombe, en toussant à cause de l'épaisse fumée noire. Un groupe de femmes mexicaines, des employées de la manufacture, s'éparpillèrent dans la rue à quelques mètres du brasier. Les gardiens ouvrirent le feu, surpris de voir des policiers sur leur lieu de travail. La panique s'intensifia. Tapi au sol pour éviter les balles perdues, Ramirez appela du renfort, en espérant qu'on réponde prestement à son appel. Accroupi derrière une voiture de patrouille, Fuentez dégaina son pistolet et, dès qu'il eut un des tireurs dans sa mire, il appuya sur la gâchette. Avant même que le garde tombe au sol, le policier tira sur un second criminel. En voyant s'écrouler deux de leurs comparses, les bandits déposèrent leurs armes, jugeant que mieux valait se rendre que se faire descendre en pleine rue.

La pétarade des coups de feu ayant cessé, un calme surnaturel plana devant l'usine. Quelques femmes en profitèrent pour se faufiler entre les voitures de patrouille qui formaient un cordon de sécurité. Allende s'en aperçut et cria, attirant l'attention de Ramirez qui courut jusqu'aux fuyardes. En état de choc, elles semblaient hésiter entre partir à la course ou demeurer sur place. Il dévisagea rapidement ces sept travailleuses au visage sali par la fumée, la sueur et la cendre.

— Valérie Brunet, hasarda-t-il d'une voix emplie d'espoir.

— Quoi ?

— Valérie Brunet, c'est toi n'est-ce pas ?

— O… oui.

— Je suis l'inspecteur Ramirez, je te cherche depuis des mois.

Les sirènes des voitures de renfort et des pompiers interrompirent l'échange entre le policier et la jeune Canadienne. Trois voitures de plus se garèrent et six policiers en sortirent. Rapidement, les représentants de l'ordre lièrent les poignets des bandits. Puis, on les fit monter dans le panier à salade. Les pompiers se frayèrent un chemin et entrèrent dans l'édifice en flammes. Ils réussirent à contrôler l'incendie, car le feu ne s'était pas tellement propagé. Ramirez et Guzmán gardèrent les sept kidnappées à l'écart. Maintenant qu'elles s'étaient présentées, Luis se souvenait de diverses couvertures médiatiques qu'il y avait eues lors de leurs disparitions. Il avait bien hâte de se trouver au poste de police afin de recueillir le témoignage de chacune de ces femmes.

*　*

*

Ramirez nous demande si nous sommes prêtes à nous rendre au poste de police pour faire nos dépositions et communiquer avec nos familles. Nous répondons toutes en même temps. En montant dans la fourgonnette, nous avons de la difficulté à retenir nos larmes de joie. Depuis des mois pour certaines, et des années pour d'autres, on nous fait subir des châtiments, on nous retient contre notre gré, on nous force à travailler, on nous exploite de tant de façons... on nous traite comme des esclaves. En m'essuyant les yeux du revers de la main, je croise le regard de l'inspecteur dans le rétroviseur. Lui aussi, il semble ému.

CHAPITRE 21

Un appel dans la nuit

Félix dormait profondément lorsque sonna le téléphone de la maison. Toujours dans les vapes, il grommela un peu et chercha d'où venait le bruit. « Ce n'est pas mon cellulaire », pensa-t-il. Il alluma sa petite lampe de chevet. Ayant reconnu le timbre du téléphone fixe, il se dirigea vers l'alcôve dans le couloir. Il consulta rapidement l'afficheur dans sa main. Le numéro qui apparaissait lui était inconnu. Avant qu'il ne puisse répondre, ses parents et sa grand-mère sortirent de leurs chambres. L'ado appuya sur *Talk*.

— Oui, allô ?

— Félix, c'est moi !

Le jumeau faillit échapper l'appareil. Sa mère lui demanda qui appelait à une heure aussi tardive. Il bredouilla d'une voix presque éteinte :

— Valérie.

Charles courut prendre le téléphone d'entre les mains de son fils.

— C'est toi, ma chérie ?

— Papa ! Oui, c'est moi. Je suis au poste de police de Cancún.

Le père mit le haut-parleur. Tout le monde put l'entendre. C'était irréel, la famille eut l'impression d'avoir affaire à un fantôme. Nancy, à la fois mère et médecin, s'empressa de demander à sa fille si elle était en santé, si elle était blessée.

— M'man, ça va. Je ne suis pas en aussi bonne forme qu'avant… mais ça va. J'ai surtout hâte de partir d'ici et de rentrer à la maison.

— Nous aussi, on a hâte de te revoir ! lança Ginette. On s'en vient te chercher !

Ils se mirent à parler tous ensemble. La cacophonie de « OH », de « AH », de larmes et de rires dura quelques minutes puis, la voix de l'inspecteur Ramirez remplaça celle de Valérie. L'euphorie retomba.

— Bonjour, je m'excuse d'interrompre ces retrouvailles. Toutefois, avec les événements qui se sont déroulés aujourd'hui, il sera important d'interviewer tout le monde, car l'enquête n'est pas terminée. Avant tout, je tenais à ce que Valérie vous appelle et vous parle au moins quelques minutes.

— Quand pourrons-nous la voir ? demanda Charles, se fichant de couper à son tour la parole au policier.

— Bientôt, dans une journée ou deux. Je dois m'assurer d'avoir tous les renseignements possibles avant qu'elle retourne au Canada. Ça nous évitera d'avoir à coordonner les horaires pour effectuer des entrevues à distance. Il faudra aussi voir si des accusations seront portées contre elle pour sa participation à des activités criminelles, même sous la contrainte.

— Si nous obtenons des billets d'avion, nous y serons demain…

– C'est comme vous voulez. Je comprends votre impatience, quoique comme je vous l'ai dit, Valérie restera au pays tant que le dossier ne sera pas clos. Quand vous arriverez, appelez-moi. Je pourrai vous indiquer à quel endroit nous logerons mademoiselle Brunet, sous surveillance bien entendu.

– Oui, oui, on comprend. On préfère quand même être avec elle. C'est tout un calvaire qu'elle vient de traverser. Ma fille est solide, mais vous savez, la force de caractère a ses limites. Un moment donné, on a besoin de ses parents, peu importe son âge.

Charles promit de donner un coup de fil au policier quand sa famille arriverait à Cancún.

Une fois l'appel terminé, Ginette se précipita au sous-sol afin d'aller chercher une bouteille de champagne dans le cellier. Ayant lu dans les pensées de sa belle-mère, Nancy sortit quatre flûtes de la verrerie. Un pop joyeux se fit entendre lorsque le liège sauta. D'une main experte, la grand-mère versa l'alcool doré plein de bulles dans chaque verre. Elle en mit juste assez pour que Félix puisse s'y tremper les lèvres et porter un toast. En avalant sa gorgée de champagne, l'adolescent pensa que ce goût pétillant qui réchauffait en descendant dans la gorge devait être celui du bonheur si on l'embouteillait.

Entre les lampées de champagne, Charles fit aller ses doigts sur l'écran tactile de son téléphone cellulaire. Grâce à une application d'agence de voyages, il trouva quatre billets à destination de la péninsule du Yucatán pour un départ le lendemain. Une fois qu'il eut complété l'achat, il ferma ses paupières un instant, inspira, puis expira lentement, laissant évacuer le stress accumulé depuis quatre mois.

* *

*

L'été des Brunet venait de s'améliorer. Nancy et Charles sentaient qu'ils pouvaient enfin respirer. Voilà que la famille était dans les airs en transit vers le Mexique. À l'aéroport de Quintana Roo, Nancy passa un coup de fil à l'enquêteur. Celui-ci lui dicta l'adresse de l'hôtel où l'on hébergeait Valérie.

Au volant d'un imposant Yukon, Charles mena sa famille à l'hôtel où logeaient les rescapées. Le gîte n'était pas érigé au bord de la mer. L'endroit desservait davantage les gens d'affaires et les congressistes que les touristes. Les Brunet se présentèrent à la réception où une femme tirée à quatre épingles les salua d'une formule toute faite. Elle leur remit les clefs de leurs chambres. Toutefois, elle n'était pas habilitée à leur dévoiler où se trouvait leur fille.

— J'aimerais vous aider, mais nous avons reçu des ordres très stricts de la part de la police. C'est une question de discrétion et de sécurité. Vous savez, il y a beaucoup de journalistes... et sans doute d'autres gens qui aimeraient voir les femmes qui ont été enlevées.

— Ne vous en faites pas, nous communiquerons avec l'inspecteur Ramirez. Merci de garder le numéro des chambres confidentiel, répondit Ginette.

Le quatuor quitta le lobby et emprunta l'ascenseur à gauche de la réception. Une fois au cinquième étage, Charles composa le numéro du policier, qui répondit au troisième coup. Il était heureux, quoiqu'un peu surpris, que la famille de Valérie soit déjà là. Leur fille logeait dans la chambre 423.

– Je vais appeler mes collègues de garde dans le couloir et les aviser que vous avez l'autorisation de passer, expliqua-t-il.

Les Brunet s'empressèrent de déverrouiller leurs portes de chambres et d'y balancer leurs bagages, sans même regarder la pièce. Retrouver Valérie était bien plus important que la couleur de l'édredon ou le nombre de serviettes dans la salle de bain!

TOC, toc, toc, TOC! Valérie reconnut le martèlement qu'on lui avait enseigné. Elle devait ouvrir uniquement si elle entendait un grand coup, suivi de deux petits et d'un dernier gros toc. L'adolescente se leva du lit sur lequel elle écoutait un film américain doublé en espagnol, qu'elle avait vu au moins dix fois. Malgré la séquence convenue, Val demeurait craintive. Elle regarda par le judas et n'en crut pas ses yeux. Elle retira précipitamment la chaîne de sécurité et tourna le verrou. Ses parents, son frère et sa grand-mère se tenaient là devant elle. Bouleversée, elle se mit à pleurer et faillit s'effondrer. Pendant des mois, Valérie Brunet était demeurée forte malgré tout ce que les kidnappeurs lui faisaient subir. Oh, combien de fois elle avait souhaité retrouver les siens. Maintenant que ça se produisait, c'était presque irréel. D'une main rassurante, Nancy guida sa fille vers le lit. Ginette trouva une bouteille d'eau dans le miniréfrigérateur. Après quelques minutes, l'adolescente avait retrouvé son sang-froid.

Les heures qui suivirent furent d'inoubliables retrouvailles. Entre la description de ce qui était arrivé à Valérie, les efforts de sa famille pour la retrouver et l'interrogatoire qu'elle avait subi plus tôt le matin, le temps fila. L'adolescente parla des autres victimes.

– Je sais qu'elles sont toutes ici, mais on ne peut pas se voir. Il me semble qu'après tout ce temps passé ensemble à traverser l'enfer, on pourrait profiter de la vie au lieu d'être emprisonnées dans nos chambres d'hôtel. Ça me ferait du bien de voir Lauren, Jacynthe, Jenny, Meredith, Blossom et Sophie...

– On en parlera à l'enquêteur quand il passera, lui promit Nancy en posant son bras droit autour des épaules de sa fille.

– Merci, m'man, j'aimerais ça.

Le lendemain matin, Luis Ramirez apparut à l'hôtel. Il trouva toute la famille Brunet en train de déjeuner dans la chambre de Valérie. Charles et Félix lui serrèrent la main, Nancy et Ginette l'embrassèrent sur les deux joues.

– Oh... l'odeur de votre eau de Cologne est très séduisante, avoua cette dernière.

– Grand-maman ! Il y a juste toi pour dire quelque chose comme ça ! s'exclama Valérie, incapable de s'arrêter de rire.

Le visage du policier passa au rouge vin. Félix et Valérie pouffèrent et furent rapidement imités par leurs parents. Une fois l'hilarité générale estompée, Ramirez expliqua le but de sa visite. Il souhaitait poser des questions supplémentaires à Valérie à propos de sa détention et, si elle acceptait, la filmer pendant l'interrogatoire afin d'ajouter sa déclaration au lot de preuves.

— Nous avons arrêté plusieurs criminels. Cette organisation a des ramifications dans tout le pays. Vous allez l'entendre au bulletin de nouvelles, car le commissaire a reçu une tonne de pression de politiciens influents qui veulent souligner notre lutte contre le crime, donc je peux vous dévoiler qu'on a arrêté non seulement les gardiens de la manufacture, mais aussi trois portiers de boîtes de nuit, deux serveurs d'un hôtel, un sauveteur d'un autre hôtel, un chauffeur de bus et deux guides touristiques. Ce ne sont tous que des exécutants, il reste encore à mettre la main au collet des dirigeants. Plus nous aurons de preuves, plus nous pourrons bâtir un dossier solide et convaincre nos patrons d'allouer des fonds pour poursuivre l'enquête et empêcher les crapules d'enlever d'autres femmes. Ce qui est malheureux, c'est qu'étant donné le taux élevé de pauvreté, beaucoup de gens sont tentés de donner un coup de main à des criminels en échange d'argent. Tout le cycle de criminalité se perpétue ; alors il ne faut pas lâcher la lutte.

Valérie accepta. Pendant que le policier installait sa caméra vidéo sur un trépied, elle s'excusa et passa aux toilettes. Debout devant le miroir, elle considéra son reflet. Le manque de sommeil, les baffes et l'inquiétude avaient vieilli ses traits. Ses cheveux, qu'elle avait lavés plusieurs fois pour se débarrasser de la teinture, avaient perdu tout leur lustre. Plus elle se mirait, moins elle se reconnaissait. La jeune femme prit quelques grandes inspirations. « J'ai vraiment hâte d'arrêter de raconter ce qui m'est arrivé ! » se dit-elle.

Deux coups légers sur la porte la ramenèrent à la réalité.

— Val, est-ce que ça va ? demanda Félix, de l'autre côté de la cloison.

— Oui, entre.

— T'es pas obligée de te faire filmer, lui dit son frère une fois dans la pièce.

— Je le sais, mais ce n'est pas ça. Je suis juste écœurée de toute cette mésaventure. Tout ce que je veux, c'est retourner à la maison et reprendre ma vie…

— Et oublier notre voyage au Mexique, termina le jumeau.

— J'aimerais m'en souvenir, de l'atterrissage jusqu'à la chasse aux trésors à Tulúm, mais pas une minute de plus !

— Oh ! que je te comprends. Si tu savais combien de fois j'ai pensé à la même chose. Tout est de ma faute. J'aurais dû toujours rester avec toi et te protéger.

— Me protéger ! Sérieusement Félix, je suis capable de m'occuper de moi-même ! Honnêtement, si tu m'avais suivie comme garde du corps tout le temps, j'aurais donné le feu vert à Gen. Elle se serait fait un plaisir de tenter de te distraire, ajoute-t-elle.

L'adolescent se mit à rire à gorge déployée. Sa sœur fit de même. Ginette arriva en trombe dans la pièce. Elle s'enquit de la raison du *party* dans la salle de bain. Puis, elle leur suggéra de sortir et de faire l'entrevue afin « qu'on puisse sacrer notre camp d'ici ! »

* *
*

La famille Brunet organisa une grande fête pour souligner le retour de Valérie à la maison. Jacob, Jade, Geneviève ainsi que d'autres amis, des membres de la parenté et quelques collègues, sans oublier Mme Santos et M. Antonin, s'étaient présentés pour festoyer. M. Cadieux déclina l'invitation, mais il envoya une gigantesque boîte de chocolats. On mangea, on rit et surtout, on témoigna son affection à la jumelle. Arnaud arriva en retard, une fois la fête bien installée. Le jeune homme avait grandement hésité avant de passer saluer Valérie. Lorsqu'elle le vit entrer, elle s'éloigna du groupe avec lequel elle discutait. Face à face, les anciens amoureux eurent quelques secondes de malaise. Arnaud brisa la glace.

— Val, je suis vraiment heureux que tu t'en sois sortie. Je veux que tu saches que... que je t'aime encore et que je n'ai rien eu à faire avec ton enlèvement.

— Qu'est-ce que tu me chantes là ? Honnêtement, durant tous les mois que j'ai passés là-bas, l'idée que tu en sois responsable ne m'a jamais effleuré l'esprit. C'était fini entre nous, c'est tout. Félix m'a conté que t'avais passé un mauvais quart d'heure après ma disparition. Je suis navrée. J'espère qu'on va pouvoir être amis comme avant.

— Amis... C'est mieux que rien. Je suppose que je devrais prendre ce qui passe.

— T'as changé toi. L'ancien Arnaud aurait piqué une crise et serait parti en colère. Allez, suis-moi, on va rejoindre les autres, il y a plein de bouffe.

* *

*

Le lundi 28 août, Félix gara la Mini dans le stationnement de l'école.

— Val, réalises-tu qu'on commence notre dernière année ici pour la deuxième fois ?

— Je le sais bien, mais seulement pour un semestre, question d'obtenir les crédits qu'il nous manque.

Dans l'école, l'ado quitta sa jumelle pour se rendre à son casier. Valérie entra au secrétariat, car on lui avait demandé de venir chercher une enveloppe pour ses parents. La réceptionniste lui souhaita la bienvenue et lui tendit l'enveloppe. Elle lui expliqua qu'il s'agissait d'un chèque afin de rembourser les activités parascolaires que ses parents avaient prépayées l'année précédente et dont elle n'avait pu profiter. Valérie pensa au tournoi de volleyball qu'elle avait loupé à Timmins, à la sortie à la Nouvelle-Scène à laquelle M. Tariq invitait toujours ses élèves de français et, bien entendu, au bal des finissants auquel elle n'avait pas assisté. Pendant qu'elle s'égarait dans ses pensées nostalgiques, son conseiller en orientation vint à passer et lui suggéra de prendre rendez-vous avec lui, pour planifier son inscription aux études postsecondaires, étant donné qu'elle avait manqué quelques séances d'information au printemps. Valérie acquiesça. Avant de quitter le secrétariat, elle entendit une voix qu'elle ne replaça pas immédiatement. Puis, un déclic se fit : M. Cadieux parlait avec sa secrétaire administrative, la porte de son bureau entrouverte. Mlle Caron en sortit et referma derrière elle, en souriant à l'élève avant de retourner à son poste de travail.

À nouveau seul, le directeur regarda la pile de dossiers à consulter et à signer qui envahissait sa

   Disparue chez les Mayas

table. Atterré par la tâche, il décida qu'il pouvait bien s'allouer une petite pause. Sa journée serait longue, il avait une réunion avec son surintendant après l'école. Pierre-Emmanuel Cadieux ouvrit un fureteur Internet en navigation privée sur son ordi et se rendit sur son site habituel. Il y inscrivit son nom d'utilisateur et son mot de passe. Deux clics plus tard, il commença une partie de poker. Les cartes virtuelles furent distribuées en un éclair. Ses yeux s'illuminèrent lorsqu'il vit le trio d'as dans son jeu. Il misa 1 000 dollars, question d'accroître l'enchère. M. Cadieux savait bien qu'il risquait de perdre, mais il pouvait aussi gagner et parfois, malgré des pertes substantielles, il réussissait à reprendre ce qu'il avait perdu et plus encore. Après un tour de table, il augmenta encore la mise. Bien sûr, il affectionnait le jeu en ligne, mais rien ne battait une partie en personne. Surtout lorsque la mise était très élevée. L'homme savait son obsession maladive. Il se rappela alors sa partie à Cancún où, ayant tout perdu, il avait vendu une de ses élèves pour s'acquitter de ses dettes. Il lui avait suffi de hocher la tête en direction de Jade, Gen et Valérie lorsqu'il les avait croisées à la plage de Tulúm. Les ravisseurs s'étaient occupés du reste.

REMERCIEMENTS

Je tiens à remercier mes amies Anick Touchette et Julie Melançon pour leur aide dans la rédaction des dialogues en espagnol.

Merci à André Charbonneau pour ses précieux renseignements sur le rôle et le fonctionnement d'un consulat canadien, ainsi qu'à Nicholas Gildersleeve et à Idriss Lomba pour l'information fournie à propos des activités de Médecins Sans Frontières. Je leur suis reconnaissant de leurs conseils et tiens à préciser que toute erreur de contenu ou d'interprétation demeure la mienne.

À propos de l'auteur

Né à Ottawa, Pierre-Luc Bélanger montre, dès son plus jeune âge, un intérêt marqué pour la lecture. Insatiable, il s'intéresse aux écrits sous toutes ses formes, de l'emballage au roman ! Féru de littérature, il tente l'expérience et se met à écrire à son tour, souhaitant partager le fruit de son imagination.

Il poursuit des études à l'Université d'Ottawa où il obtient un baccalauréat en lettres françaises et en histoire, puis un autre en éducation, avant de compléter une maîtrise en leadership en éducation. Depuis, il est enseignant de français et occupe présentement le poste de conseiller pédagogique en littératie au secondaire dans un conseil scolaire de la capitale.

Dans ses temps libres, Pierre-Luc dévale les pentes en ski alpin, sillonne des lacs en ski nautique et se balade en kayak. Fervent voyageur, il a visité huit provinces canadiennes, dix-sept pays à l'extérieur du Canada et ce n'est qu'un début !

Après de nombreuses tentatives et des années de patience, il publie finalement aux Éditions David un roman jeunesse d'aventure : *Vingt-quatre heures de liberté*, puis un miniroman *Smash sous le soleil* pour la revue *Quad9*. Le roman suivant, *Ski, Blanche et avalanche*, lui vaut de nombreuses reconnaissances (lauréat du prix littéraire *LeDroit* – jeunesse 2016 et du prix Littérature jeunesse du Salon du livre de Toronto 2016, puis finaliste du prix du Livre d'Ottawa 2016).

Il récidive avec *Disparue chez les Mayas*, qui allie aventure et intrigue policière. En publiant ce troisième roman, Pierre-Luc poursuit ses rêves, soit ceux de faire voyager les lecteurs de tous âges, de les divertir et bien entendu de leur donner le goût de la lecture et – qui sait peut-être – de l'écriture.

Table des matières

Collection dirigée par Renée Joyal

BÉLANGER, Pierre-Luc. *24 heures de liberté*, 2013.

BÉLANGER, Pierre-Luc. *Ski, Blanche et avalanche*, 2015.

BÉLANGER, Pierre-Luc. *Disparue chez les Mayas*, 2017.

CANCIANI, Katia. *178 secondes*, 2015.

DUBOIS, Gilles. *Nanuktalva*, 2016.

FORAND, Claude. *Ainsi parle le Saigneur* (polar), 2007.

FORAND, Claude. *On fait quoi avec le cadavre ?* (nouvelles), 2009.

FORAND, Claude. *Un moine trop bavard* (polar), 2011.

FORAND, Claude. *Le député décapité* (polar), 2014.

FORAND, Claude. *Cadavres à la sauce chinoise* (polar), 2016.

LAFRAMBOISE, Michèle. *Le projet Ithuriel*, 2012.

LAROCQUE, Jean-Claude et Denis SAUVÉ. *Étienne Brûlé. Le fils de Champlain* (Tome 1), 2010.

LAROCQUE, Jean-Claude et Denis SAUVÉ. *Étienne Brûlé. Le fils des Hurons* (Tome 2), 2010.

LAROCQUE, Jean-Claude et Denis SAUVÉ. *Étienne Brûlé. Le fils sacrifié* (Tome 3), 2011.

LAROCQUE, Jean-Claude et Denis SAUVÉ. *John et le Règlement 17*, 2014.

MALLET-PARENT, Jocelyne. *Le silence de la Restigouche*, 2014.

MARCHILDON, Daniel. *La première guerre de Toronto*, 2010.

OLSEN, K.E. *Élise et Beethoven*, 2014.

PÉRIÈS, Didier. *Mystères à Natagamau. Opération Clandestino*, 2013.

PÉRIÈS, Didier. *Mystères à Natagamau. Le secret du borgne*, 2016.

RENAUD, Jean-Baptiste. *Les orphelins. Rémi et Luc-John* (Tome 1), 2014.

RENAUD, Jean-Baptiste. *Les orphelins. Rémi à la guerre* (Tome 2), 2015.

ROYER, Louise. *iPod et minijupe au 18e siècle*, 2011.

ROYER, Louise. *Culotte et redingote au 21e siècle*, 2012.

ROYER, Louise. *Bastille et dynamite*, 2015.

Couverture : ©olezzo | Adobe Stock
Photographie de l'auteur : Robin Spencer
Maquette et mise en pages : Anne-Marie Berthiaume
Révision : Frèdelin Leroux